DESEO

KATHERINE GARBERA

Una noche con su ex

HARLEQUIN™

Editado por Harlequin Ibérica.
Una división de HarperCollins Ibérica, S.A.
Núñez de Balboa, 56
28001 Madrid

© 2019 Katherine Garbera
© 2020 Harlequin Ibérica, una división de HarperCollins Ibérica, S.A.
Una noche con su ex, n.º 173 - 17.1.20
Título original: One Night with His Ex
Publicada originalmente por Harlequin Enterprises, Ltd.

I.S.B.N.: 978-84-1328-856-7
Depósito legal: M-35815-2019p
Impreso en España por: BLACK PRINT
Fecha impresion para Argentina: 15.7.20
Distribuidor exclusivo para España: LOGISTA
Distribuidor para México: Distibudora Intermex, S.A. de C.V.
Distribuidores para Argentina: Interior, DGP, S.A. Alvarado 2118.
Cap. Fed./Buenos Aires y Gran Buenos Aires, VACCARO HNOS.

MIXTO
Papel procedente de
fuentes responsables
FSC® C108412

Este libro ha sido impreso con papel procedente de fuentes certificadas según el estándar FSC, para asegurar una gestión responsable de los bosques.

Capítulo Uno

Hadley Everton adoraba tanto como odiaba vivir en Cole´s Hill, en Texas. Aunque el pueblo había crecido desde que se inauguró el centro de formación de la NASA en las afueras, sus habitantes seguían siendo estrechos de mente. Tan solo hacía un rato que había tenido que esquivar a un grupo de mujeres del exclusivo vecindario de Five Families que con toda su buena intención no dejaban de preguntarle por qué no tenía novio. Teniendo en cuenta que era la fiesta de compromiso de su hermana, las amigas de su madre habían vuelto su atención hacia ella, empeñadas en que era la siguiente que tenía que sentar la cabeza y encontrar marido.

No era que Cole´s Hill no contara con un puñado de solteros de oro entre los que elegir, tal y como la vecina de sus padres, la señora Zane, había comentado con su habitual franqueza. Hadley podía elegir a quien quisiera. Aunque con su infinita sabiduría, la señora Zane le había aconsejado que se mantuviera alejada de los hermanos Velasques, sobre todo después de su reciente ruptura con Mauricio.

Al ver a otras dos amigas de su madre, las señoras Abernathy y Crandall, dirigiéndose hacia ella, Hadley dio un quiebro para esquivarlas y se metió en la cocina del club de campo. Los camareros se afanaban en cumplir las normas rigurosas de su madre en la preparación de las bandejas de comida que iban a ser servidas, así que les traía sin cuidado que Hadley hubiera cortado con el mejor pretendiente que había tenido hasta la fecha o que se quedara soltera de por vida.

Se quedó a un lado junto a la puerta para no molestar a los empleados, lo suficientemente cerca de aquellas entrometidas como para oír su conversación.

—Me han dicho que le dijo que si no le ponía un anillo en el dedo, lo dejaría —dijo la señora Abernathy.

—Y él le dijo que adiós. ¿Qué le pasa a la gente joven hoy en día? Ahí mismo debería haberle pedido matrimonio. Está a punto de cumplir treinta años y no creo que nadie se interese por él si no ha podido hacer feliz a Hadley —añadió la señora Crandall.

Hadley se volvió y cuando fue a salir de la cocina por la puerta de atrás, se topó con alguien. Alzó la mirada para disculparse y se quedó de piedra al ver que era su hermana Helena.

Helena era la hermana guapa, con su rostro en forma de corazón, sus cejas pobladas y aquellos ojos azules que Hadley siempre había envidiado. También era un poco más alta que ella. Llevaba un vestido estrecho que dejaba adivinar sutilmente sus curvas. Normalmente su hermana era una persona tranquila y relajada, pero en aquel momento parecía estar tensa.

—¿Qué estás haciendo aquí? —preguntó Hadley.

–Lo mismo que tú –replicó Helena, y le colocó detrás de la oreja el mechón de pelo que se le había escapado del moño.

Hadley volvió a soltarse el rizo. Su hermana mayor la trataba como si todavía tuviera ocho años y ella fuera una sofisticada chica de diez.

–Lo dudo. Es tu fiesta –dijo Hadley, apartándose de la puerta y de las mujeres que seguían hablando de Mauricio y de ella.

–Chicas, ¿qué estáis haciendo? –preguntó su madre, entrando en la cocina.

Candace Everton era la viva imagen de Helena, solo que veintiún años mayor. Mantenía a raya las canas de su pelo rubio cobrizo con visitas quincenales a la peluquería y conservaba su esbelta figura jugando en la liga femenina de tenis del club.

Su madre lo tenía todo bajo control y había momentos en los que Hadley deseaba tener esa misma facilidad para sobrellevar la presión social de vivir en Cole´s Hill. Pero nunca lo había conseguido.

Candace revisó la bandeja de canapés que uno de los camareros uniformados estaba a punto de sacar y arrugó la nariz.

–Coloque mejor esa bandeja antes de servirle a mis invitados.

El camarero se volvió mientras su madre se dirigía hacia ellas. Hadley se irguió y se pasó el mechón de pelo por detrás de la oreja.

–Estaba disfrutando de un momento de tranquilidad –dijo Helena–. Le estaba pidiendo a Hadley que me ayudara con la cremallera, parece que se ha atascado.

–Déjame ver –dijo su madre.

Helena se dio la vuelta y su madre ajustó la cremallera antes de abrazar a sus hijas.

—¿Listas para volver a la fiesta?

No, pero era evidente que esa no era la respuesta que esperaba su madre, y las acompañó hasta la puerta.

Cuando volvió al salón, Hadley se quedó de piedra al ver allí a Mauricio Velasquez. Parecía sacado de un sueño erótico. Era algo de lo que nadie le había advertido sobre rupturas y corazones rotos. Aunque estuviera preparada para pasar página, su inconsciente no dejaba de recordarlo en mitad de la noche, dándole un papel protagonista en sus sueños más excitantes.

Tenía lo que las mujeres mayores del pueblo llamaban mentón esculpido. Sus cejas enmarcaban unos ojos tan oscuros como su chocolate favorito. Cuando la miraba, sentía como si pudiera atravesar aquella barrera con la que se protegía del mundo exterior. Pero sabía que era mentira. Si lo hubiera hecho, no se habría metido en la cama con Marnie Masters, la *femme fatale* de Cole´s Hill, después de tomarse un descanso en su relación. Antes de descubrir lo de Marnie, había creído que volverían a estar juntos.

—Hadley, ¿qué estás haciendo? —le preguntó su madre, poniendo una mano en su hombro.

—Lo siento, mamá, acabo de ver a Mauricio.

—¿Y?

—Todavía no estoy lista para hablar con él.

—Hoy es el día de Helena, cariño, así que acércate a él y salúdale como si fuera un viejo amigo —le dijo su madre.

Respiró hondo y miró a Helena.

–Tienes razón. Lo siento, Helena.

Sabía que estaría allí. Mauricio y el novio de su hermana eran amigos íntimos desde el instituto. No podía pedir a todos sus conocidos que dejaran de relacionarse con él. Helena incluso la había llevado a comer a su restaurante favorito para darle la noticia de que Mo estaría en su fiesta de compromiso. En su mente se había formado la imagen de él saliendo del cuarto de baño cubierto tan solo con una toalla, seguido de Marnie Masters. Pero eso no importaba. Tenía que estar allí por su hermana.

–Tranquila –dijo Helena–. Ya te avisé de que estaría aquí. Malcolm le ha pedido que sea su padrino de boda, así que vas a tener que verlo en todos los actos previos a la boda.

–Lo sabe muy bien –dijo su madre–. Os he criado para que seáis fuertes y tengáis modales.

–Tienes razón, mamá –convino Hadley.

Deseaba que fuera así de fácil, pero cada vez que veía a Mauricio, una mezcla de emociones la asaltaban. Podía entender la rabia y la tristeza; era difícil pasar página. También estaba la culpa. Pero un sentimiento completamente diferente entraba en juego cada vez que fijaba la mirada en su cuerpo, en aquellos trajes a medida que resaltaban sus anchos hombros, su cintura y caderas estrechas y sus largas piernas.

Gruñó y Helena le dio un pellizco a modo de advertencia. Se irguió de hombros y se dio cuenta de que Jackson Donovan se había acercado a Mauricio por detrás. Jackson era la cita de Hadley en aquella reunión y, justo cuando la saludaba con la mano, Mauricio se volvió para recibirlo.

–Espero que no haga una escena en la fiesta de mi niña –dijo su madre.

–No lo hará –dijo Hadley con una confianza que no acababa de creerse, apresurándose para intervenir entre su examante y su nuevo novio.

Mauricio había llegado tarde adrede a la fiesta de compromiso, a pesar de que Malcolm Ferris era uno de sus mejores amigos. Aquello suponía todo un desafío para él y nunca había sido uno de esos hombres capaces de sonreír cuando estaban enfadados. Su hermano gemelo solía decir que esa era la razón por la que eran tan buenos en los negocios. No temían enfrentarse a las adversidades ni a los problemas, y sabían encontrar el lado positivo de todo. Aunque Mauricio había tenido sus dudas, Alec siempre había aprovechado las circunstancias. A Mauricio le interesaba el sector inmobiliario, a Alec la tecnología y las redes sociales. Mauricio no acababa de entender el negocio multimillonario de su hermano, pero había algo que sí entendía... Por muchos meses que hubieran pasado, todavía le hervía la sangre cada vez que miraba a Hadley Everton.

En ese momento, tenía el aspecto de la perfecta mujer sureña. Llevaba un bonito vestido azul marino que se ajustaba a su talle esbelto. Su delicado cuello, rodeado por un collar de perlas, llamó su atención. Le resultaba muy sexy ver a una mujer tan bien vestida y saber cómo era desnuda.

Maldijo entre dientes y dio media vuelta para marcharse de la fiesta. No se veía capaz de mostrarse indiferente. Pero justo en ese momento, Jackson Donovan se acercó a él. Siempre habían tenido sus encontronazos. Ya en su época de escolar, Jackson había sido un mojigato. Lo único que había cambiado desde entonces era que había pasado de ser un muchacho enclenque a un tipo musculoso de un metro noventa y cinco de estatura.

—Mo, me alegro de verte —le dijo Jackson, tendiéndole la mano.

Mauricio se la estrechó procurando no hacer fuerza, pero Jackson apretó antes de soltársela.

—No sabía que conocieras a Malcolm.

—Bueno, apenas lo conozco. He venido con Hadley.

Mo se sintió furioso. Habían roto y esta vez parecía la definitiva, pero Hadley podía aspirar a alguien mejor.

—Hola, chicos —dijo Hadley, uniéndoseles.

Le dio un beso a Jackson en la mejilla y saludó con una sonrisa a Mauricio, que respiró hondo.

—Hola, Hadley. Estás tan guapa como de costumbre.

—Gracias —replicó con una ligera inclinación de cabeza—. Discúlpanos, Mauricio. Mi madre me ha pedido que le presente a Jackson a una prima.

—Claro.

Tomó a Jackson del brazo y Mo se quedó mirándola mientras se alejaba, incapaz de apartar la vista de las curvas de sus caderas. ¿Siempre había tenido las piernas tan largas?

—Mo, me ha sorprendido verte hablar con Jackson –le dijo su hermano Diego al darle un botellín de cerveza.

Mauricio dio un largo sorbo antes de hablar.

–Mamá me ha dicho que vigile mis modales. No quiero darle motivos para que se sienta avergonzada después de lo que pasó en otoño.

–Me alegro de oír eso.

–¿Ah, sí?

Diego asintió.

–Yo, también. No puedo seguir evitando a todos aquellos con los que nos relacionamos cuando éramos pareja.

–Tienes razón –dijo Diego.

Eso esperaba. Estaba tratando de recuperarse. Un año atrás, había intentado sacar adelante un proyecto inmobiliario en una zona montañosa, un programa de televisión en Houston y su relación con Hadley, quien justo entonces había sido destinada a las oficinas de Manhattan de su empresa. Trabajaba para un estudio de diseño y era una de sus mejores diseñadoras. Más o menos lo estaba consiguiendo cuando había acabado quemado, especialmente después de lo que había pasado con Hadley. Tras aquello, se había visto obligado a hacer balance de su vida y a concentrarse en lo que era realmente importante: su familia, sus amigos y sus compañeros del equipo de polo.

–Me alegro. Pippa está en Londres esta semana, así que si quieres que salgamos, estoy libre –añadió Diego.

Su hermano mantenía una relación a larga distancia con Pippa Hamilton Hoff. Su prometida era la directora de operaciones de House of Hamilton, la famosa joyería británica, y vivía a caballo entre Londres y Cole´s Hill.

–Me parece buena idea. Esta semana estoy ocupado con un proyecto de Hogares Para Todos. Si tienes tiempo libre, nos vendrían bien un par de manos extras. Mañana por la tarde vamos a poner las vigas.

Mauricio estaba muy vinculado a organizaciones benéficas, ayudando a familias con escasos recursos a comprar su casa. Su manera de contribuir era cediendo terrenos a Hogares Para Todos, e incluso colaboraba como voluntario siempre que podía en la construcción de las casas.

–Ahí estaré –dijo Diego, volviendo su atención a Helena y Malcolm.

La pareja estaba abriendo regalos y todos los estaban observando, pero Mauricio no podía apartar la vista de Hadley. Llevaba recogida en un moño bajo su melena morena y rizada. Algunos mechones se le habían escapado y enmarcaban su rostro en forma de corazón. La vio morderse el labio inferior mientras bajaba la mirada al cuaderno que tenía en la mano y anotaba los detalles de cada regalo que su hermana recibía. De repente, pareció darse cuenta de que se estaba quitando la pintura de los labios. Tampoco necesitaba ponerse maquillaje para estar espectacular.

Desvió la mirada hasta el escote de su vestido. Aquello no era una buena idea. Debería haberse negado a ser el padrino de boda de Malcolm, pero la suya era una amistad de muchos años.

Se puso de pie y Diego arqueó una ceja.

–Necesito tomar aire fresco.

No llegó muy lejos antes de que Malcolm le alcanzara. Se habían conocido en tercer curso, cuando sus padres los habían dejado un sábado por la mañana en el Club de Polo. Desde entonces habían sido amigos. El padre de Malcolm había muerto cuando estaban en el instituto y Malcolm había pasado más tiempo en casa de los Velasquez después de que su madre tuviera que dedicar más horas a trabajar para sacar a la familia adelante. Ahora eran socios en la inmobiliaria y estaban empeñados en controlar el crecimiento de Cole's Hill para que no se viera afectada la comunidad que tanto querían.

–Eh, Mo, necesito que entres para la foto de los testigos de la boda –dijo Malcolm–. Tengo una sorpresa para todos vosotros.

–Me alegro de verte tan feliz con la mujer de tus sueños.

Malcolm sacudió la cabeza.

–Todavía no puedo creer que Helena haya aceptado. No estoy seguro de merecerla y quiero asegurarme de que no se arrepiente de su decisión.

–Es una mujer muy afortunada –dijo Mauricio, dándole una palmada en el hombro a su amigo.

–Te he visto antes con Hadley y Jackson.

–Sí, pero no ha habido tensiones.

Malcolm rio.

–Uno de los inconvenientes de vivir en Cole's Hill es que es imposible evitar encontrarse a las exnovias.

–Cierto.

–Helena me ha pedido que te mantenga a raya. Nada de discusiones con Hadley, Jackson, ni siquiera conmigo.

12

–No te preocupes. Ya he superado la mala racha.

–Me alegro de oír eso –dijo Malcolm–. A pesar de su encanto sureño, las mujeres Everton no te soportan.

No podía culparlas.

–Me comportaré.

–Malcolm, vamos –dijo Helena–. Papá quiere que acabemos con las fotos cuanto antes para quitarse la corbata.

–Ya voy.

Mauricio siguió a los novios hasta un salón. Había un enorme ventanal con una vista espectacular de las colinas en plena floración. Crissanne Moss, una de las vecinas más recientes de Cole's Hill, era la fotógrafa. Estaba prometida con Ethan Caruthers, emparentado con Mauricio.

–Voy a tomar una foto de las damas primero, luego de los hombres y, por último, de todo el grupo.

Se oyeron algunos comentarios por parte de los hombres, que se recostaron en la pared a la espera. La última vez que habían estado así reunidos había sido en el instituto, mientras esperaban a que les hicieran las fotos para el anuario.

Sacudió la cabeza ante la idea.

–Odio las fotos –aseveró Malcolm–. Unas veces parezco sacado de un anuncio de pasta de dientes y otras como si estuvieran a punto de torturarme.

–Relájate –dijo Mauricio–. Tal vez deberías mirar a Helena. No se te ve mal cuando le dedicas una sonrisa.

–Me alegro de oír eso –replicó con ironía.

13

–Chicos, acercaos –dijo Crissanne.

Mauricio pasó junto a las damas de honor y percibió el perfume de Hadley. No pudo evitar respirar hondo mientras se colocaba donde la fotógrafa le indicaba. Cuando tuvo a todo el mundo en su sitio, les explicó que tenían que hacer una foto seria y otra divertida.

–Ahora, todos juntos –añadió Crissanne después de hacer las fotos a los hombres.

Se formó un pequeño revuelo alrededor de Helena y Malcolm, que estaban en el centro del grupo. Crissanne fue colocando a unos y otros, buscando la composición perfecta de la fotografía.

Mauricio estaba al fondo. Al medir casi dos metros, era lo suyo. Crissanne recolocó a dos damas de honor y Hadley acabó delante de él.

Se irguió un poco más y trató de apartarse de ella.

–Muy bien, chicos, quiero que pongáis la mano en el hombro de la mujer que tenéis delante –dijo Crissanne.

Puso la mano en el hombro de Hadley y al instante sintió un cosquilleo. Se le puso la piel de gallina en el brazo izquierdo y ella se estremeció al sentir su roce. Su respiración se volvió más agitada y un rubor se extendió por su cuello. Hadley volvió la cabeza y sus miradas se encontraron.

A pesar de que habían decidido que no estaban hechos el uno para el otro y que debían pasar página, había una atracción sexual entre ellos que no podían negar. Era consciente de que aquello podía conducirles a la más exquisita de las torturas y, aun así, no pudo evitar acariciarle la piel junto al tiran-

14

te del vestido. Era más suave de lo que recordaba y sintió que se estremecía bajo su caricia.

–Muy bien, ya podéis iros todos –dijo Crissanne después de hacerles las fotos.

Hadley se apartó rápidamente de él y lo único que pudo hacer fue verla marchar.

Capítulo Dos

Un simple roce la había llevado al mismo punto donde estaba meses antes. Echó un vistazo a la concurrencia y al cruzarse con la mirada de Jackson, él le señaló con la cabeza hacia el aparcamiento. Se abrió paso entre la gente evitando a todas aquellas mujeres empeñadas en darle consejos y por fin salió fuera y respiró aire fresco. Confiaba en que fuera la cercanía a Mo lo que la había hecho reaccionar de aquella manera. Lo cierto era que todavía sentía aquel cosquilleo en la piel. Todavía podía sentir en la nuca su respiración.

–Parece que la fiesta te está agobiando –dijo Jackson.

Se acercó y la tomó del codo.

Le agradaba su roce, pero no le producía la misma reacción que los dedos de Mauricio. Ese era el problema.

Miró a Jackson. Siempre había sido un buen amigo desde el instituto, cuando ambos habían disfrutado del programa internacional Baccalaureate y habían formado parte del mismo grupo de estudio. Había sido un muchacho flaco y enclenque, con unas gafas demasiado grandes para su cara. Había cambiado hasta convertirse en la clase de hombre que habría considerado su tipo si el dichoso Mauricio no le afectara de aquella manera.

Consideró la idea de irse a casa con Jackson y acostarse con él. Tal vez, el hecho de que Mauricio hubiera sido su único amante era la razón por la que su roce tanto le alteraba. En cuanto sus miradas se cruzaron, descartó la idea. Era un buen tipo. No se merecía verse envuelto en su lío con Mo.

–Por cómo miras, sé que esto no significa nada para ti –dijo él.

El sol brillaba con fuerza y hacía una tarde calurosa de verano. No era agradable estar fuera. En eso estaba pensando cuando por detrás de Jackson vio aparecer a Mo en el patio del club de campo.

Sacudió la cabeza. Todo había terminado entre ellos.

–Tal vez –susurró, no muy segura de si se lo decía a él o a sí misma–. Es solo que…

–No soy Mauricio –dijo con su habitual franqueza–, y nunca lo seré.

–Nunca te lo pediría, y no creo que quisieras ser como Mauricio. Eres un tipo estupendo, Jackson.

Él entrelazó sus dedos con los suyos y la llevó hasta un sauce cuyas ramas caían hasta el suelo para cobijarse bajo su sombra. Allí se oía el sonido melodioso del agua de una fuente cercana.

Hadley se soltó de la mano y Jackson sacudió la cabeza.

–Tú también me gustas, Hadley, pero no quiero ser la sombra de Velasquez ni de ningún otro hombre. Hubo una época en la que tal vez lo habría considerado.

–No, siempre has sido una persona fuerte y segura. Esa es una de las cosas que siempre he admirado de ti.

–Pero como amigo, ¿verdad?

–Sí, pero pensaba que eso era lo que querías de mí –dijo ella.

–Así es. Me refiero a que habría sido una desgracia para Mauricio si tú y yo hubiéramos acabado casándonos –dijo Jackson–. Pero no haría nada por estropear nuestra amistad.

–Yo tampoco –replicó ella, tomando el rostro de Jackson entre sus manos.

Tenía la mandíbula prominente con una sombra de barba. Sus ojos eran grises, muy diferentes a la mirada oscura de Mauricio. Jackson era el tipo de hombre del que siempre había pensado que se enamoraría y con el que acabaría casándose. Pero su corazón no opinaba lo mismo.

–Lo siento.

–No lo sientas –dijo él antes de atraerla y acercar su boca a la de ella.

Ladeó la cabeza para besarla y ella cerró los ojos mientras sus labios se encontraban. Luego los separó y Jackson le acarició la lengua con la suya. Sabía a menta y, aunque no era una sensación desagradable, no había chispa, ni siquiera un poco de atracción.

Le resultaba imposible liarse con él para olvidarse de Mo. Solo con pensar en el roce de sus dedos, había encendido en ella una llama. Por mucho que se empeñara en que surgiera una chispa con Jackson, no había nada.

Jackson se echó hacia atrás y sacudió la cabeza.

–Bueno, supongo que estamos llamados a ser simplemente amigos.

—Yo también esperaba que surgiera algo más entre nosotros —dijo ella sonriendo.

—Y tanto. ¿Vas a volver dentro? ¿Quieres que me quede contigo?

Negó con la cabeza. Ya estaba cansada de comportarse como la perfecta dama sureña que su madre quería que fuera. Estaba harta de estar en la misma habitación que el hombre al que era incapaz de dejar de desear y fingir que no le importaban los comentarios de las mujeres de la alta sociedad sobre ella.

—No voy a volver dentro. Creo que ya he cumplido con mis deberes como hermana.

—Entonces, supongo que ya nos veremos —dijo Jackson.

Después de que se fuera, se quedó bajo el sauce con los puños apretados. Deseaba dar un puñetazo a algo o a alguien, en especial a Mauricio Velasquez por haberle hecho perder su interés por otros hombres. Sentía ganas de gritar y se dio cuenta de que tenía que salir de allí y alejarse de compromisos, de sus padres y del hombre en el que no podía dejar de pensar.

Mauricio fue directamente a la barra. Necesitaba tomar algo fuerte para borrar la imagen de Hadley y Jackson juntos y de la mano. Sabía que no podía reclamarle nada y creía que lo tenía asumido hasta que la había rozado.

Después de tocarla se había dado cuenta de que el tiempo que había pasado desde que habían roto no había servido para nada. La chispa seguía ahí.

Tal vez lo que necesitaban era un buen polvo para pasar página, pero no estaba del todo seguro de que Hadley pensara lo mismo.

Pidió un Jack Daniels y se lo tomó de un trago. Tenía que marcharse antes de volver a ser el tipo descontrolado que había sido la última temporada.

Habían roto cuando ella se había mudado a vivir a Nueva York, pero habían mantenido el contacto a través de mensajes y llamadas de vídeo. Mo la había echado de menos, pero había empezado a salir y a acostarse con otras mujeres. Le había escrito en varias ocasiones diciéndole que quería que formara parte de su vida para siempre sin darse cuenta de que el mismo fin de semana en que le había mandado el último mensaje, ella volvía al pueblo. Había entrado por la mañana temprano en su apartamento con su llave y lo había pillado en la cama con una mujer.

Hasta ese momento no se había dado cuenta de lo canalla que había sido. Había querido volver con Hadley, pero odiaba sentirse solo, así que había estado jugando a dos bandas. No debería haberlo hecho. Se había arrepentido en ese mismo instante, pero había sido demasiado testarudo al principio como para admitirlo.

Levantó la vista y se encontró con que Helena estaba observándolo con una ceja arqueada. Al instante supo que debía hablar con ella. Formaba parte de la comitiva nupcial e iba a tener que pasar los siguientes nueve meses con aquel grupo. Tenía que darle la tranquilidad a Helena de que no iba a provocar ningún escándalo en su boda, así que se acercó a la hermana de Hadley.

—Estate tranquila, no voy a dar ningún espectáculo.

—Me alegro de oírlo. Tu madre le ha dicho a la mía que ya has olvidado a Hadley.

—¿Ah, sí?

Por el amor de Dios, ¿su madre iba por ahí asegurándole a todo el mundo que se comportaría?

—Sí, ya sabes lo que es vivir aquí. No importa que seamos la población más pequeña de Texas con el crecimiento más rápido. Las costumbres cambian lentamente —comentó Helena.

—Créeme, lo sé. Si quieres comprobar lo que tardan en cambiar las costumbres, dedícate al negocio inmobiliario. Nadie quiere pagar el precio de mercado de nada.

—He oído que resultas muy convincente y que consigues todo lo que te propones.

El mercado inmobiliario era un tema de conversación seguro y no le importaba hablar de ello. Lo que fuera con tal de no mencionar a Hadley.

—A tu prometido tampoco se le da nada mal —dijo Mauricio.

—Me alegro de saberlo —afirmó, y tras una pausa, continuó—. ¿Ha hecho alguna inversión últimamente?

—No que yo sepa, ¿por qué?

—Seguramente no es nada.

Conocía a Helena. No hubiera mencionado aquello si no pensara que era importante.

—¿Quieres que hable con él de algo?

—Ni siquiera sé si hay algo de lo que hablar. Es solo que se está comportando de una manera extraña y hay algunas cuentas que no cuadran.

Helena tenía fama entre sus amigos de ser muy mirada con el dinero e intentaba convencer a Malcolm para que fuera más comedido en sus gastos. Malcolm tenía un buen sueldo, pero tendía a ser frívolo e impulsivo, mientras que Helena era muy ahorradora.

–No he notado nada en el trabajo, pero mañana hemos quedado para jugar a las cartas con mis hermanos y veré qué puedo averiguar.

–Gracias. No quiero darle más importancia de la que tiene y quizá esté exagerando. El caso es que tuve que pedir dinero a mis padres para dar la señal de las flores de la boda, y ya conoces a mi madre. Ahora se cree que está a cargo de la organización.

Sabía muy bien a lo que se refería. Sus padres eran igual. Si pagaban por algo, analizaban hasta el más mínimo detalle, razón por la cual nunca les pedía que invirtieran en ninguno de sus proyectos.

–De nada. Es lo menos que puedo hacer después de haberte puesto nerviosa.

–Sabía que te comportarías.

–Sí, por mi madre.

–No, no es por eso –dijo volviendo la cabeza mientras echaba a andar–, es porque no quieres hacer daño a Hadley.

Había aprovechado para hacer aquel comentario en el último momento para evitar que pudiera protestar o defenderse. Sabía que era cierto y no podría negarlo.

Mauricio reparó en que Diego lo estaba observando y lo saludó con una inclinación de cabeza. Tenía que irse de allí cuanto antes. Había echado una mano a su amigo y había sido cortés con el nuevo novio de Hadley, así que podía irse.

Salió de la fiesta y del club de campo y, una vez fuera, no se sintió con ganas de volver a la soledad de su ático. Siempre le había gustado aquel apartamento porque estaba en el primer edificio que había construido en Cole´s Hill. Pero también había vivido allí con Hadley y en él lo había encontrado en la cama con otra mujer.

—Mauricio, espera —lo llamó Alec.

Se volvió hacia su gemelo y se detuvo. De jóvenes, se lo habían pasado muy bien haciéndose pasar el uno por el otro, gastando bromas a sus padres y amigos. Pero ambos estaban muy ocupados con sus negocios y no se veían todo lo a menudo que les gustaría.

—Gracias —dijo Alec—. Necesito que me lleves al aeropuerto. Acabo de recibir un correo electrónico y tengo que volver a Los Ángeles para resolver un problema.

—Claro.

—¿Quieres venir conmigo? —le preguntó Alec—. Te vendrán bien unos días fuera y así podremos ponernos al día. Últimamente apenas nos vemos.

—No puedo, mañana tengo una reunión con Hogares Para Todos y es uno de mis proyectos más importantes. Tienes razón de que pasamos poco tiempo juntos últimamente. ¿Cuándo vuelves?

—En diez días —contestó Alec.

—¿Para el partido de polo que Diego ha organizado?

—Sí, lo estoy deseando. Va a ser un gran partido.

Diego y Mauricio habían construido unos nuevos establos más cerca del pueblo, con un campo lo suficientemente grande como para celebrar partidos benéficos de polo. Diego llevaba el rancho de los Velasquez, Árbol Verde, que pertenecía a la familia desde hacía varias generaciones.

Mo dejó a su hermano en el aeropuerto y volvió a casa dando un rodeo, pasando por el barrio en el que estaba la nave industrial en la que Hadley tenía su *loft*. Trató de convencerse de que lo hacía simplemente para valorar la zona por si fuera interesante para construir algo, pero sabía que no era cierto. Al pasar por delante, vio que las luces estaban encendidas y tuvo que contenerse para no llamarla.

Hadley pasó una mala noche tratando de olvidar la sensación del roce de Mauricio. A primera hora de la mañana salió a correr y luego se duchó, fingiendo que su semana estaba empezando como cualquier otra. Había roto con Jackson y tenía que encontrar la manera de llenar su tiempo. Tal y como le habían dicho aquellas viejas cotillas, empezaba a sentir la necesidad de encontrar un hombre para sentirse completa. Tal vez fuera porque su hermana se había comprometido y la mayoría de sus amigas tenían relaciones estables.

Entró en su tienda y se tomó un momento para mirar alrededor. Lo mejor de haber vuelto a Cole´s Hill era haber abierto aquel sitio. Siempre había querido dedicarse a diseñar. Después de la universidad, su carrera la había llevado al mundo de la publicidad y del diseño gráfico y, si bien era gratificante, tenía sus limitaciones. Enseguida se había dado cuenta de que no le importaba seguir unas pautas, pero odiaba que alguien le dijera exactamente cómo diseñar un proyecto.

Sin embargo, allí en su estudio había encontrado su verdadera vocación. Todavía conservaba unos cuantos clientes de Nueva York para los que trabajaba hasta que pudiera mantenerse con su estudio. Su hermana, que era contable, había trazado un plan de negocio a largo plazo, y de momento todo iba muy bien.

Había diseñado unas litografías de los alrededores de Cole´s Hill y le habían encargado otras del rancho Abernathy.

La campanilla de la puerta de la tienda tintineó y al volverse vio a Helena caminando hacia ella, con dos tazas de café y una caja de la pastelería Bluebonnet.

–Te he traído el desayuno.

Hadley apoyó la cadera en el mostrador y se quedó mirando a su hermana.

–¿Qué quieres?

–¿Por qué piensas que quiero algo?

–No son siquiera las nueve y has venido a mi tienda con el desayuno para engatusarme.

–Tal vez sea una muestra de cariño hacia mi hermana pequeña –dijo Helena.

Dejó la caja en el mostrador y le dio la taza a Hadley, que inhaló el aroma. Café con leche y vainilla. No le cabía ninguna duda de que su hermana quería algo.

–Quizá, pero sé que nunca te levantas tan temprano a menos que quieras algo.

Toda la familia sabía que a Helena le gustaba dormir hasta tarde y, en circunstancias normales, le costaba despertarse.

–Bueno, tal vez necesite tu ayuda para que intercedas con mamá.

Hadley dio un sorbo a su café y abrió la caja. Había dos pasteles de queso y un donut de chocolate, los dulces favoritos de Helena. Aquello debía de ser algo muy serio.

–¿Con qué?

–Tuve que pedirle la señal para las flores y ahora quiere ocuparse de la organización de la boda. Le dije que tú eras la de la vena artística y que habías elegido las flores de la iglesia y del banquete y…

–No suena mal. No hacía falta que trajeras el desayuno para pedirme que me ocupara de la decoración. Ya tenía pensado hacerlo –dijo Hadley.

–Estupendo, me alegro de oírlo. Mamá vendrá a verte para comentarte cómo quiere que quede la iglesia. Vas a tener que sacar un rato para ir a verla con el pastor y con Kinley. Ahora que mamá está de viaje, le hemos pedido a Kinley que se ocupe.

Kinley Caruthers era una chica de la zona que se había marchado a vivir a Las Vegas y había acabado trabajando con Jaqs Veerland, el planificador de las bodas de las estrellas y la realeza europea. Kinley había vuelto a Cole´s Hill para organizar la boda del exjugador de fútbol americano Hunter Caruthers. Kinley había tenido una relación complicada con Nate, el hermano de Hunter, y después de que se comprometieran, Jaqs había abierto una oficina en Cole´s Hill para que Kinley pudiera trabajar desde allí.

—¿Qué?

Empezaba a entender el sentido de aquellos dulces.

—Lo siento, hermanita.

—No hay suficientes pastelillos de queso en Bluebonnet para que esto salga bien. Mamá no va a parar de dar órdenes.

—Lo sé y lo siento, pero no me quedaba otra opción.

—¿Por qué no? Pensaba que te habías marcado un presupuesto para no tener que pedirles dinero.

—Y lo hice, pero surgió algo inesperado y tuve que pedirle a papá el dinero de la señal.

—Eso no es normal en ti.

—Ya sabes lo que les pasa en las bodas —replicó Helena.

—No, no lo sé, pero te conozco y sé que tienes recursos para todo —dijo y dejando la taza de café en el mostrador, se acercó a su hermana—. ¿Qué está pasando?

Helena se mordió el labio inferior y se apartó de su hermana, lo que preocupó aún más a Hadley.

—Sea lo que sea, puedes contármelo.

—Es que no sé cuál es el problema. Malcolm sacó todo el dinero de nuestra cuenta y no quiero preguntarle nada para que no se crea que no confío en él.

—Claro que puedes preguntarle. Es el dinero de la boda.

—Lo sé, pero yo misma saqué una buena cantidad para comprarle un regalo y le pedí que confiara en mí, así que ahora tengo que darle la misma confianza.

–¿Te ha dicho si te ha comprado algo?

–No, solo me dijo que no tardaría en volver a reponer el dinero en la cuenta.

–Qué raro. ¿Cuándo hace que te lo dijo?

–Seis semanas –contestó Helena.

–No suena bien.

–Lo sé. Le he pedido a Mauricio que averigüe qué está pasando –dijo Helena–. Se mostró muy atento después de que Jackson y tú os fuerais de la fiesta.

Habría preferido que le dijera que había sido un imbécil para poder seguir odiándolo y olvidarse de lo sexy que era, algo que no había podido hacer desde que dejó la fiesta.

–Por cierto, gracias por ocuparte de mamá –añadió su hermana–. ¿Qué tal va todo con Jackson? Es un encanto. Hacéis muy buena pareja.

–He cortado con él –contestó, sacudiendo la cabeza.

–¿Por qué?

–Por una razón que no voy a contarte.

–¿No hay chispa?

–Algo así.

No quería mentir ni confesarle a su hermana que Mauricio seguía excitándola con solo rozarla.

–En relación al dinero…

–Voy a esperar a ver si Mauricio averigua algo. ¿Me equivoco al confiar en él?

Hadley abrazó a su hermana.

–No lo sé. Mi experiencia con los hombres no es buena. Tú le conoces mejor.

–Tienes razón –dijo Helena, devolviéndole el abrazo–. Seguro que todo está bien.

Se alegraba de poder ayudar a su hermana a organizar la boda, así podía pensar en algo que no fuera la ausencia de amor en su vida. Cuando Helena se fue del estudio, recordó que su hermana le había dicho que Mauricio había sido muy atento con ella. Hubiera preferido que se comportara como un auténtico idiota para así poder olvidar lo bien que lo habían pasado juntos.

Capítulo Tres

Cerrar un acuerdo en Houston, recoger a Alec en el aeropuerto unos días antes de lo previsto y volver a Cole´s Hill en coche no era lo que tenía pensado hacer un viernes, pero Mauricio tenía esperanzas de que después de un día tan largo, caería rendido y podría dormir sin que se lo impidieran sus sueños con Hadley.

Su hermano pequeño, Íñigo, había vuelto al pueblo aprovechando los días de descanso en el circuito de la Fórmula Uno, y su padre, que estaba de un humor extraño, los había invitado a todos a cenar al restaurante Peace Creek. Le gustaba disfrutar de sus hijos y de su único nieto, y a Mo también le agradaban aquellos encuentros. Después de dejar a su padre y a Benito en su casa, se fueron al Bull Pit a tomar tequila y jugar al billar.

—Los gemelos contra el niño y el favorito —dijo Alec, volviendo a la mesa con una ronda de cervezas.

—Me parece bien —respondió Mo.

—O dicho de otra manera, los listos contra los guapos.

—Con razón eres piloto. No tienes cabeza para otra cosa —dijo Alec, guiñándole un ojo a Íñigo.

—Soy mucho más listo que tú —saltó Íñigo—. ¿A quién le pagan por conducir a toda velocidad y quién se pasa el día sentado en una oficina, delante de un ordenador? Creo que ambos sabemos quién es el más listo.

–*Touché* –dijo Alec, levantando su cerveza hacia su hermano pequeño.

Diego colocó las bolas y luego lanzó una moneda al aire para echar a suertes el turno.

Mientras Mo escuchaba a sus hermanos, sintió un escalofrío en la espalda. Al mirar hacia la gramola, vio un par de vaqueros ajustados a aquel trasero que no había podido olvidar.

Hadley.

Llevaba el pelo suelto sobre los hombros, una blusa ligera y unas botas de cuero. Estaba riéndose de algo que le había dicho su hermana y echó la cabeza hacia atrás. Mo sintió que todo su cuerpo se ponía tenso. Por mucho que tratara de convencerse de que se había imaginado aquella reacción al rozarla en la fiesta de compromiso, sabía que no era verdad.

La moneda cayó al suelo, pero no se agachó a recogerla.

–¿Es muy tarde para cambiar de equipo? –bromeó Alec.

–Cara –dijo Mauricio recogiendo la moneda–. Vamos primero.

–Vas a jugar en desventaja mientras Hadley esté aquí –dijo Íñigo.

–No, me he distraído con otra cosa.

–¿De veras? ¿Qué es lo que te ha llamado la atención? –preguntó Diego.

Sus hermanos no iban a dejarlo en paz y, a menos que quisiera que una agradable velada se convirtiera en una pelea y volvieran a echarlo del Bull Pit, iba a tener que soportar sus bromas.

Ese era el problema. Nunca había podido ignorar nada que tuviera que ver con Hadley. Lo sabía y, al parecer, sus hermanos también. Estaba perdido. Creía que había pasado página hasta la maldita sesión de fotos. No debería haber aceptado ser testigo de aquella boda. No debería haber vuelto a ver a Hadley hasta no haber encontrado a otra mujer que le hubiera hecho olvidar la atracción sexual que sentía por ella.

—Tío, deja de mirarla —le dijo Alec.

—Cierra el pico, Alec. No la estoy mirando.

—Lo que tú digas. Es tu turno, no lo eches a perder.

Hizo un gesto de burla a su hermano y se inclinó sobre la mesa para hacer su saque. El sonido de la música *country* que sonaba desde la gramola le hizo más fácil concentrarse en el juego. Respiró hondo y abrió el juego. Aunque se enfrentaba a sus hermanos, no le gustaba perder.

Volvió a lanzar y metió una bola en la tobera de la esquina. Luego, volvió a moverse para prepararse para su siguiente lance. Jugó tres bolas antes de que fuera el turno de Diego. Mauricio fue a apoyarse a una mesa alta, junto a Íñigo, que estaba escribiendo algo en una de sus cuentas de redes sociales. Su hermano pequeño había sido piloto de Fórmula Dos antes de llegar a la Fórmula Uno.

—No está mal, Mo. No sé qué pasaría si te concentraras.

—Estoy concentrado.

—Sí, claro, como si no estuvieras fijándote en

Hadley bailando –dijo Íñigo, llamando su atención sobre el entarimado de madera que había a un lado de la gramola.

Maldijo para sus adentros al verla bailando con un grupo de amigas y fue incapaz de apartar la vista de ella. Trató de convencerse de que la había olvidado, pero viéndola moverse al son de la música, meneando las caderas y con los brazos en el aire, su cuerpo reaccionó como si siguiera siendo suya.

Tal vez necesitaba una noche más con ella para sacársela de la cabeza. Hadley se merecía algo mejor que eso. Se merecía una disculpa por haberse acostado con Marnie mientras todavía estaba con ella. Odiaba que todo hubiera acabado tan mal entre ellos.

Dio un largo trago a su cerveza. Acostarse con su ex para conseguir olvidarla era una idea peligrosa y si seguía dándole vueltas, empezaría a considerarla la única opción aceptable.

Comenzó a sonar una canción lenta y Mauricio vio cómo la mayoría de sus amigas abandonaban la pista de baile, seguidas de Hadley. Sin pensárselo dos veces, dejó la cerveza y se acercó.

–¿Quieres bailar? –le preguntó–. Seguro que preferirías hacerlo con otro, pero sé que te gusta esta canción. Y te pido perdón.

–¿Perdón por qué?

–Por cómo me comporté. Nunca hemos hablado de ello.

–Tampoco quiero hablar de eso ahora.

–Entonces, ¿qué tal si bailamos?

–De acuerdo. Tal solo una canción –dijo tomando su mano después de pensárselo unos segundos.

Mauricio la tomó entre sus brazos, mientras ella ponía las manos en su cintura, y trató de convencerse de que era su manera de pasar página, pero su cuerpo no parecía estar de acuerdo.

Hadley no había tenido una semana fácil. Su madre era muy perfeccionista para organizar cualquier celebración y, teniendo en cuenta que se trataba de la boda de una de sus hijas, estaba insoportable. No había tequila suficiente en todo Texas para calmar sus nervios y salir a bailar con sus amigas parecía haberla tranquilizado hasta que había visto a Mauricio.

Lo había visto nada más llegar. Era imposible no hacerlo cuando estaba con sus hermanos. Todas las mujeres del bar tenían los ojos puestos en ellos. Al verlos juntos, uno no podía dejar de preguntarse qué clase de pacto había hecho Elena Velasquez con el demonio para tener cuatro hijos tan guapos.

Además, Mauricio olía muy bien.

–¿Cómo te va?

Quería darle cierta naturalidad a la situación. Seguramente, lo que había sentido bajo el sauce había sido casual. Era imposible que siguiera deseando a Mo, sobre todo después de lo que le había hecho. Quería una relación estable como la que Helena y Malcolm tenían, pero siempre había sentido aquella atracción hacia Mo.

–Bien, muy ocupado –contestó él–. ¿Y a ti?

Su voz sonaba grave, pero a pesar de la música podía oírlo. Siempre le había gustado su voz. Apoyó la cabeza en su hombro unos instantes y cerró los ojos, antes de erguirse y apartarse de él.

–Bien, muy bien –mintió, justo cuando la canción terminaba–. Gracias por el baile.

Se fue de la pista sin darse la vuelta y forzó una sonrisa mientras se sentaba en un taburete de la mesa en la que estaban sus amigas.

–¿En qué estabas pensando? –le preguntó Josie.

–He bailado con él, he guardado la calma y no ha pasado nada –contestó.

Zuri sacudió la cabeza.

–Creo que estás mintiendo, pero somos buenas amigas y dejaremos que te salgas con la tuya. Venga, otra ronda para celebrar que te has mostrado indiferente.

Hadley se tomó otra ronda con sus amigas y pidieron algo para comer mientras hablaban de los hombres que estaban en el bar. Manu Barrett, el antiguo defensa de la liga nacional de fútbol que había pasado a ser el entrenador del instituto, se acercó con una bandeja de chupitos para Josie. Su amiga era la profesora de arte del instituto y Manu llevaba un mes pidiéndole salir. Josie y Manu se fueron a la pista de baile, mientras que Zuri y Hadley se quedaron mirando a su amiga.

–Está enamorada –comentó Hadley.

–¿Quién está enamorada? Recordadme otra vez por qué hemos venido esta noche al Bull Pit –dijo Helena.

A continuación se sentó en un taburete al lado de Zuri y tomó uno de los chupitos que Manu había llevado.

–Josie está enamorada y estamos aquí porque

me he tenido que ocupar de mamá. Ha sido una semana horrible –dijo Hadley.

–Y también porque has trabajado mucho –le dijo Zuri a Helena–. Necesitabas salir una noche. ¿Dónde está tu otra mitad?

–En Houston, cerrando un contrato. No vuelve hasta mañana y por eso propuse una reunión del club de lectura –contestó Helena.

–Esto es mejor que una reunión del club de lectura porque no tenemos que hablar de algo de lo que solo hemos leído la portada –intervino Hadley entre risas.

–Cierto, pero el libro que propuse es realmente bueno –afirmó Helena–. Nos lo recomendó Teddi porque pensó que nos gustaría. Trata sobre un príncipe que quiere pasar desapercibido.

La hermana de Hadley llevaba la contabilidad de muchos pequeños negocios de Cole´s Hill, entre ellos, la librería de Teddi, compañera de instituto de Helena.

–Lo leeré la próxima semana –dijo Hadley.

Necesitaba apartar la mente de Mauricio y un príncipe disfrazado era un buen entretenimiento.

–Bueno, entonces entre Mo y tú…

–No hay nada entre Mo y yo.

–Por cómo estabais bailando, yo no diría eso –dijo Zuri.

Hadley sacudió la cabeza.

–¿Sabes lo peor de cortar con alguien?

–No, cuéntanoslo –pidió Zuri–. Tú eres la experta.

Era evidente que su amiga había tomado demasiado tequila.

–Iba a decir que los sentimientos no desaparecen como si tal cosa. Me refiero a que la rabia debería hacer desaparecer todo lo demás.

–¿A qué viene eso? –preguntó Helena–. ¿Es porque lo tuyo con Jackson no ha funcionado?

–¿Has dejado escapar a Jackson? –intervino Zuri–. He estado unos días fuera y me lo he perdido. ¿Cuándo ha pasado? Se os veía muy bien en la fiesta de compromiso.

–Sí, pero hemos decidido seguir siendo amigos –contestó Hadley.

Tal vez había tomado demasiado tequila. No debería haber sacado el tema.

–¿Ha sido idea suya? Será mejor que se lo haga mirar. A nadie se le olvida lo empollón que era.

–No, es más bien al contrario –aclaró Hadley.

–Ahora está muy bueno –dijo Helena y le hizo una seña al camarero para que les llevara otra ronda de margaritas y nachos.

–Y tanto. Yo no le echaría de mi cama –comentó Zuri.

–Nadie lo haría, excepto Hadley.

–No es eso lo que he hecho. Aquí viene Josie –dijo, sintiendo alivio.

Estaba cansada de hablar de Jackson, y tampoco quería comentar nada de Mauricio, que estaba echando una partida de billar con sus hermanos. Era incapaz de dejar de mirarlo y de recrear la vista con los vaqueros estrechos que llevaba.

–Creo que sé por qué no ha funcionado lo tuyo con Jackson –afirmó Zuri.

–¿Qué? –preguntó volviéndose hacia sus amigas, su hermana y Manu después de que se dieran cuenta de lo atenta que estaba a Mauricio y sus hermanos.

—Estáis locas. Bueno, Manu, ¿te quedas con nosotras?

Manu y Josie se convirtieron en el centro de atención y Hadley se obligó a concentrarse en los nachos, pero una parte de ella seguía pendiente de las risas de Mauricio. Era lo último que necesitaba en aquel momento. Creía que había pasado página, pero después de bailar con él, no estaba tan segura.

Helena estaba pasando un buen rato con sus amigas y, por primera vez desde que descubrió que faltaba dinero de la cuenta para la boda, disfrutó. Su madre le había dicho que una boda consistía en un millón de pequeños detalles y Hadley era incapaz de dejar nada al azar. Estaba obsesionada con tenerlo todo controlado, en especial el dinero, y no sabía muy bien por qué. Su familia había tenido siempre más que suficiente y no les había faltado nada a ella ni a su hermana.

Pero nunca había malgastado el dinero solo por el hecho de tenerlo, y eso era lo que sentía que había hecho Mal.

—Estás muy seria —dijo Hadley acercándole un chupito de tequila.

Josie bailaba en la pista con Manu, y Zuri estaba tratando de divertirse con un futuro astronauta de la Nasa. Las hermanas Everton se habían quedado solas y estaban sentadas en una mesa como dos solteronas.

–No puedo evitarlo –replicó, y de un trago se tomó un chupito.

–No te preocupes, puedo ocuparme de mamá.

Helena sonrió. Era la hermana mayor y siempre se había tomado muy en serio su papel. No quería ponerse a llorar por el hecho de que no supiera dónde estaba Malcolm esa noche ni porque el dinero hubiera desaparecido. Estaba decidida a mantener la calma, sonreír y arreglar lo que fuera necesario a solas con Malcolm.

–Te lo agradezco.

–Enseguida vuelvo. ¿Quieres otro trago? –preguntó Hadley.

–Prefiero un poco de agua.

Hadley asintió y se fue a la barra mientras Mauricio se acercaba a su mesa.

–Hola, Helena. Solo quería decirte que no he conseguido sacarle nada a Malcolm. Cada vez que he intentado hablar de dinero, ha cambiado de tema.

–Gracias por intentarlo. ¿Sabes dónde está esta noche?

–No, pensé que estaría aquí contigo.

–No, me mandó un mensaje diciéndome que iba a estar ocupado –dijo Helena–. ¿Crees que puede estar teniendo una aventura?

Mo la rodeó por los hombros.

–No le creo capaz. Te quiere y, sea lo que sea, dudo que se trate de una cosa así.

Le resultaba más fácil hablar con Mo que con su hermana porque sabía que él no iría por ahí contándole nada a su familia.

–Ya tiene novio –dijo Hadley apareciendo por

su espalda y dejando un vaso de agua delante de su hermana.

–Estoy tratando de convencer a tu hermana de que no voy a hacer nada que pueda arruinar su boda –intervino Mauricio.

Aunque Helena no sabía qué había pasado, era evidente que seguía habiendo algo entre aquellos dos, por mucho que trataran de disimularlo. Consciente de que les estaba arruinando la noche con su preocupación por Malcolm, empujó a Mo hacia su hermana.

–Vais a tener que bailar juntos en el banquete. Será mejor que vayáis practicando.

Mauricio le dirigió una mirada severa. Parecía llevarse bien con su hermana, pero era evidente que no estaba tan relajado como se mostraba.

–Claro, ¿por qué no? –dijo Hadley.

Mauricio la tomó de la mano y la llevó hasta la pista de baile. Helena bebió agua y sacó su teléfono móvil. Trató de averiguar la ubicación de Malcolm, pero no lo consiguió. Empezaba a preocuparle que su novio estuviera teniendo dudas acerca de la boda. La paciencia no era una de sus virtudes, así que decidió mandarle un mensaje.

–*¿Dónde estás?*

Vio que el mensaje había sido entregado y fijó la vista en la pantalla a la espera de su respuesta. Pero nada.

¿Qué le pasaba a Malcolm? Siempre se había considerado afortunada por haberse enamorado de un hombre que esperaba de la vida lo mismo que ella, pero ahora empezaba a preguntarse si se habría estado engañando.

Eso era lo que Hadley le había dicho sobre Mauricio cuando habían cortado el año pasado, que se había equivocado al pensar que era un hombre diferente al que era de verdad. Mientras guardaba el teléfono en el bolso y observaba a su hermana bailando arrimada al hombre por el que decía no sentir nada, se dio cuenta de que todo el mundo hacía lo mismo. Hadley era como ella, engañándose a sí misma para convencerse de que tenía el control de sus sentimientos cuando en realidad era su prisionera.

Su teléfono vibró y lo sacó del bolso. Era Malcolm. Su teléfono se había quedado sin batería y estaba en casa, esperándola.

Capítulo Cuatro

Cada vez quedaba menos gente en el Bull Pit, pero Hadley y Mo seguían bailando y tomando chupitos. Durante el transcurso de la noche, fue olvidando por qué estaba tan enfadada con él.

Cuando el pinchadiscos anunció que era la última canción, le pareció normal estrecharse contra él. Apoyó la cabeza en su hombro y posó las manos en sus caderas mientras se movían al ritmo de la lenta melodía.

Mauricio bajó la cabeza para mirarla y ella se echó hacia atrás.

–¿Lo sientes?

–Sí y no –respondió Hadley.

–¿Quieres que hablemos de ello?

–Sí. Sé que habíamos roto, pero ¿por qué me mandaste un mensaje diciéndome lo mucho que me echabas de menos y luego te acostaste con Marnie?

Él sacudió la cabeza y dio un paso atrás. Hadley había creído que había superado todo lo que había pasado, pero cuando casi la había besado, había querido llorar. Siempre había pensado que estaría con Mo el resto de su vida, pero entonces... Le había hecho más daño del que estaba dispuesta a admitir.

–No lo sé. Te deseaba, pero no estabas aquí y no

estaba seguro de que fueras a volver. No me gustaba la sensación de desearte y sentirme…

«Vulnerable», pensó ella.

Pero eso no era una excusa ni justificaba lo que había hecho.

–Lo siento. Nunca quise hacerte daño. No fui consciente de lo que hacía –dijo acercándose.

Hadley podía sentir sus labios rozando los suyos y cerró los ojos. Sabía que debía apartarse. Seguramente se arrepentiría de aquello por la mañana, pero no quería estar en ningún otro sitio. Llevaba demasiado tiempo sola y estaba excitada.

Podía ser la despedida que nunca habían tenido por la forma en que había terminado todo entre ellos. Tal vez así pudiera pasar página y relacionarse con otros hombres.

Mauricio tomó su trasero con las manos y la estrechó contra su pelvis. Ella separó las piernas y se frotó contra él. Al apartarse, vio que tenía los labios húmedos de besarla y los ojos entornados. Sintió el bulto de su erección y supo que estaba tan excitado como ella.

–No quería hacer eso –dijo él dando un paso atrás.

–Yo tampoco, pero sinceramente, Mo, creo que ambos lo necesitamos. Lo sé desde que el domingo sentí tu mano en mi hombro.

–Yo también.

Eso era todo lo que necesitaba oír. Lo tomó de la mano, recogió el bolso de la mesa en la que lo había dejado y salieron del Bull Pit. El aire de la noche era fresco y sobre el cielo de Texas brillaban las estrellas y la luna.

Al oírle suspirar, se volvió a mirarlo. Tenía los brazos en jarras y la cabeza echada hacia atrás. Por la forma en que tenía las piernas separadas supo que todavía tenía una erección, y cuando la miró, le pareció que dudaba.

–¿Has cambiado de opinión? –le preguntó él.

–¿Tú?

–En absoluto, pero no quiero que te sientas obligada.

Recorrió la escasa distancia que los separaba y le acarició su miembro erecto mientras con la otra mano lo tomaba de la nuca y, poniéndose de puntillas, lo besó apasionadamente.

–Estoy donde quiero estar.

–Eso es todo lo que quería oír –dijo él antes de tomarla en brazos.

Hadley le puso el brazo alrededor de los hombros y al ver que se dirigía al aparcamiento, le hizo detenerse.

–No podemos conducir. ¿Llamamos a un Uber?

–A estas horas, seguro que conocemos al conductor –contestó él, dejándola en el suelo–. El Grand Hotel está a cinco minutos caminando.

–Perfecto, hace una noche preciosa para pasear –dijo tomándolo de la mano.

Había echado de menos aquello. Siempre le había gustado la forma en que su mano envolvía la suya. No quería recordar todas las razones por las que no debería estar disfrutando de aquello. Quería disfrutar esa noche de los buenos recuerdos de Mo y no de los recientes y más dolorosos como su ruptura.

–Pensaba que los viernes tenías reunión de tu

club de lectura —comentó Mauricio mientras paseaban hacia el hotel.

—¿Me lo estás preguntando?

—Es que me ha extrañado verte en el Bull Pit en lugar de estar en casa de Helena.

—A todas nos hacía falta salir una noche. Helena me ha pedido que me ocupe de las flores y de la decoración de la boda, y tengo que coordinarme con mi madre.

—No lo sabía. Pensaba que se iba a ocupar ella directamente.

—Y así era, pero tuvo que pedir a mis padres que pagaran la señal para las flores y… —dijo y se tapó la boca con la mano—. Olvida que te lo he contado.

—No te preocupes, ya me he enterado del problema. He intentado hablar con Mal y me imagino lo que Helena debe de estar pasando.

—¿Ah, sí?

—Sí —respondió Mo, y se detuvo mirándola con una ceja arqueada—. Pareces sorprendida.

Lo estaba.

—Es solo que no esperaba que fueras a reparar en algo así.

—¿Por qué no?

—No te afecta.

—Podría parecer, pero claro que me afecta —replicó mientras echaba a caminar de nuevo.

Había soltado su mano, pero seguían caminando arrimados.

—¿Por qué?

—Por tu felicidad. Quiero ayudar a tu hermana a averiguar qué está pasando con Mal y sé lo mucho que la quieres, así que de alguna manera, lo estoy haciendo por ti.

–No lo entiendo.

–Para compensarte por haber sido un cabrón, Hadley. Ambos sabemos lo mal que me he comportado y ahora me arrepiento.

Habían llegado ante el Grand Hotel y Mauricio se volvió para mirarla.

–¿Has cambiado de opinión?

Sacudió la cabeza. En absoluto. Aquel era el hombre del que se había enamorado. No era habitual que Mauricio mostrara aquella faceta.

–Todavía te deseo, ¿y tú?

–Estaría muerto si no lo hiciera –admitió.

Había un silencio absoluto en el cuarto de baño del hotel, aunque en su cabeza seguía sonando una de las canciones que había bailado un rato antes con Mo. Estaba siendo muy respetuoso con ella, lo cual era de agradecer. Más de una vez le había preguntado si estaba segura y lo cierto era no tenía ninguna duda de que lo deseaba. No quería pensar en nada más. A diferencia de él, no se había acostado con nadie desde que cortaron año y medio atrás y, aunque no era una obsesa del sexo, lo echaba de menos.

Se miró en el espejo. No se veía mal. Se sonrió y se guiñó un ojo antes de volver a la habitación.

Mo había encendido la lámpara de la mesilla y estaba de pie junto a la ventana, mirando hacia la calle. Se había quitado la camisa y no pudo evitar recorrer con los ojos los músculos de su espalda.

Llevaba unos vaqueros estrechos que resaltaban su magnífico físico.

Estaba descalza y sintió cómo se hundían sus pies en la alfombra al acercarse a él. Lo rodeó por la cintura desde atrás y le besó un hombro.

–Hola, preciosa.

–Hola.

Lo miró deseando que entre ellos solo hubiera aquella atracción incontrolable y no un pasado en común. Levantó el muslo y lo rodeó por la cadera. Él se volvió y la tomó por el trasero para levantarla del suelo y acercarla a su miembro erecto.

Hadley echó la cabeza hacia atrás y sintió su cálido aliento instantes antes de que sus labios tocaran su cuello. Un escalofrío le recorrió la espalda. Su beso fue profundo y ardiente, y dejó de ser una mujer cabal para convertirse en una criatura ansiosa.

Mauricio la levantó del suelo y avanzó hasta acorralarla contra la pared, sosteniéndola con el muslo entre sus piernas. Luego, le acarició el trasero por encima de los vaqueros.

Ella se arqueó contra él y echó la cabeza hacia atrás, antes de sentir su boca en el valle de sus pechos. Los pezones se le endurecieron y se afanó en acariciarle tu torso musculoso.

Hadley sintió su erección crecer contra su muslo y deslizó la mano entre sus cuerpos. Luego le abrió el botón de los vaqueros y le bajó la cremallera. Introdujo la mano bajo sus calzoncillos, tomó su miembro erecto y lo recorrió de abajo arriba, pasando un dedo por la punta con cada caricia.

–Hadley –jadeó.

Ella sonrió y continuó con sus caricias, sintiéndole crecer con cada una. Mauricio la tomó del pelo y le obligó a echar hacia atrás la cabeza, mientras presionaba sus labios a los suyos. Luego hundió la lengua en su boca, tomando las riendas y distrayéndola de sus caricias.

Aquel beso despertó unas ansias incontrolables. Estaba deseando que llenara aquel vacío. Sintió su mano deslizarse entre sus cuerpos y hundirse bajo su blusa, hasta acariciar su pezón bajo el encaje del sujetador. Al sentir que se lo pellizcaba, se arqueó contra él y siguió acariciando frenéticamente su erección.

A continuación se separó de él para quitarse la blusa por la cabeza y Mauricio aprovechó para desabrocharle el sujetador. Hadley sacudió los hombros para dejar que los tirantes cayeran por sus brazos y él acabó de quitárselo. Después, se apartó lo suficiente como para admirar sus senos desnudos.

Su pecho subía y bajaba al ritmo de su respiración agitada. Cuanto más sentía su mirada sobre ella, más se le endurecían los pezones. Le puso un dedo en los labios y ella lo besó. Luego fue bajando por su cuello hasta acabar dibujando un círculo sobre uno de sus pechos. Lentamente deslizó la mano hacia el otro pecho e hizo lo mismo. Ella jadeó y sintió una cálida humedad entre sus piernas. El vacío de sus entrañas iba aumentando con cada roce.

Mauricio volvió a apoderarse de su boca y continuó acariciándole los pechos. Después, hundió la mano bajo sus vaqueros. Llevaba un tanga, así que se encontró con la desnudez de su trasero. Al atraerla, ella se arqueó y sus pezones se estrecharon contra su pecho.

—Deja que me quite los vaqueros —dijo ella jadeando, consciente de que aquello no era suficiente.

—Todavía no.

Volvió a besarla y de nuevo le metió la lengua en la boca. Hadley recorrió la longitud de su erección con la uña y sintió cómo sus caderas la buscaban. Volvió a hacerlo y lo oyó maldecir junto a sus labios.

Mauricio se apartó y retiró el muslo que había colocado entre las piernas de ella.

—Quítatelos —le ordenó con una voz grave que la excitó todavía más.

Se bajó los vaqueros, pero eran estrechos y le costó quitárselos de los tobillos. Cuando lo consiguió, se bajó las bragas mientras Mauricio se quitaba también los pantalones.

Se quedó completamente desnudo, con su miembro completamente erecto, buscándola. Hadley volvió a tomarlo en su mano y esta vez él la levantó del suelo sujetándola por la cintura, mientras ella lo abrazaba con las piernas.

Mauricio empujó ligeramente con las caderas, haciéndola estremecerse. Un torbellino de sensaciones se expandió por su cuerpo. Estaba deseando sentirlo dentro, pero dejó caer las manos por su espalda y de nuevo sus pies tocaron la alfombra. Su boca volvió a devorarla y entonces sintió una de sus manos deslizándose por su ombligo, su vientre y más abajo. Entonces, se abrió paso por entre sus pliegues hasta dar con su clítoris hinchado. Hadley se aferró a sus hombros mientras sentía que la penetraba con la punta de su dedo índice sin parar de estimularle el clítoris con el pulgar. Empujó hacia delante con las caderas buscando que la penetrara más profundo, pero Mo evitó hacerlo. Aquella deliciosa sensación entre sus piernas fue en aumento. Deseaba más y él no se lo daba. Estaba muy excitada y se sentía a punto de explotar.

Tomó su pene con la mano y empezó a acariciarlo de arriba abajo a la vez que se ponía de puntillas, lo que provocó que su dedo se hundiera más en ella. Sonrió y clavó los dientes en el lóbulo de su oreja mientras le susurraba al oído sus deseos sexuales y lo mucho que deseaba sentirlo dentro.

Mauricio soltó una maldición y hundió completamente el dedo en ella, haciéndole jadear de placer. Hadley dejó caer la cabeza hacia atrás, dejándose llevar por las sacudidas del orgasmo y los pezones se le endurecieron aún más. Las piernas se le doblaron y él la sujetó contra sí, mientras tomaba con su boca la suya. Ella siguió frotándose contra su mano hasta que el orgasmo comenzó a decaer. Deseaba más y, cuando se apartó de ella y la miró a los ojos, una oleada de emociones imposible de ignorar la sacudió. Decirle adiós por la mañana iba a ser más difícil de lo que había pensado.

Consideró recoger la ropa y marcharse en ese momento, pero no había acabado todavía con Mauricio Velasquez. Estaba decidida a disfrutar de cada instante de aquella noche con él.

Lo tomó de la mano, lo llevó hasta la cama y lo obligó a sentarse en el borde. Él tiró de ella hasta que se colocó sobre su regazo y Hadley sintió la punta de su miembro junto a su entrada. Lentamente se hundió en él antes de pararse a pensar en lo que estaba haciendo.

–Ya no tomo la píldora.

–Vaya.

La hizo levantarse de su regazo y se volvió.

–¿Tienes preservativos?

–Quizá, voy a ver en mi cartera –dijo y se levantó mientras ella lo observaba–. He encontrado uno –añadió al cabo de unos segundos.

Hadley tomó el paquete y lo abrió mientras él volvía a su lado. Luego, se tomó su tiempo para ponérselo antes de que la hiciera tumbarse en la cama y se colocara entre sus piernas. Mientras se acoplaba, la tomó por las muñecas y se las sujetó con una mano por encima de la cabeza.

Hadley se arqueó y sus pezones se apretaron contra su pecho. Sentía su erección presionando su entrepierna.

Mauricio ahuecó las caderas antes de hundirse en ella. Era más grande de lo que recordaba y, una vez se hubo acoplado, empujó un poco más para que su cuerpo se ajustara. Hadley echó la cabeza hacia atrás y sus ojos se encontraron.

–Te he echado de menos –admitió Mo.

Ella se mordió el labio para no reconocer que le pasaba lo mismo y lo oyó suspirar antes de empezar a moverse. Con cada embestida, sentía la punta de su miembro en el sitio adecuado. Levantó las piernas y él soltó los brazos para sujetárselas, sin dejar de moverse.

El ritmo fue en aumento y perdió el control.

De su garganta escapaban sonidos que solo hacía cuando se acostaba con Mauricio. Lo rodeó por los hombros y se incorporó lo suficiente para hundir el rostro en su cuello. Él la estrechó contra su cuerpo sin dejar de embestirla hasta que la asaltó otro orgasmo.

Mauricio se hundió en ella unas cuantas veces más y gritó su nombre al correrse. Luego, se dejó caer sosteniendo su peso con los brazos mientras apoyaba la frente en la suya. Entre jadeos, Hadley lo rodeó con brazos y piernas como si no quisiera dejarlo marchar nunca.

Claro que ya lo había perdido y no debía olvidarlo. Aquella era una aventura de una noche, la oportunidad de pasar página sin rabia ni resentimiento. Pero se trataba de Mo, su primer amor, y distanciarse de él era más difícil de lo que había pensado.

Mauricio se colocó de lado y la estrechó con fuerza contra él mientras sus respiraciones volvían a la normalidad. Hadley apoyó la cabeza en su pecho, disfrutando de la sensación de estar entre sus brazos, y le pasó un muslo por encima de su cadera. Mauricio tiró de la colcha para taparlos y Hadley sintió que toda la tensión que llevaba acumulada se iba liberando mientras se dormía.

Capítulo Cinco

La mano de Mauricio subía y bajaba por la espalda de Hadley mientras se iba durmiendo en sus brazos. Hacía mucho tiempo que no la abrazaba. Era lo suficientemente realista como para darse cuenta de que nada había cambiado entre ellos, pero hasta ese momento no había sido consciente de lo mucho que la había echado de menos, de cuánto extrañaba hacer el amor con ella. Aunque disfrutaba del sexo con otras mujeres, entre ellos parecía haber una química especial que le hacía sentir como si le hubiera entregado un trozo de su alma.

Era consciente de que no iba a perdonarle por lo que había hecho. Tal vez si se hubiera disculpado antes… Pero no se había dado cuenta de lo que había perdido hasta tiempo después de que se marchara.

Se movió ligeramente para quitarse el preservativo antes de dormirse. Al apartarse, sintió humedad y bajó la vista.

–Mierda –exclamó al ver el preservativo roto.

No era un buen momento para que las cosas se complicaran como consecuencia de haber tenido sexo sin protección.

Hadley se dio la vuelta en la cama, abrió los ojos y le dedicó la sonrisa más dulce que le había visto en mucho tiempo. Por unos instantes, consideró la idea de no decirle nada acerca del preservativo. Quería ir a limpiarse y volver a meterse en la cama con ella como si no hubiera pasado nada.

Seguramente, las posibilidades de que se quedara embarazada eran escasas, pero debía decírselo, aunque no sabía cómo. Estaba adormilada y le sería imposible volver a conciliar el sueño. Tal vez fuera preferible decírselo por la mañana.

—¿Mo, estás bien? —le preguntó y se apoyó en un codo para incorporarse.

La colcha con la que la había cubierto se deslizó hasta su cintura y su mirada se posó en sus pechos. Al instante, sintió que su miembro crecía y se le pasó por la cabeza la idea de volver a hacerla suya.

—Eh… no sé cómo decirte esto, Hadley…

—No digas nada. No hace falta que hablemos esta noche. Esto que ha pasado… Me alegro. Lo necesitaba y parece que tú también.

La escuchó hablar sin apenas prestarle atención. Tenía que detenerla y contarle lo que había pasado con el preservativo, pero no sabía cómo hacerlo.

—No es eso —farfulló—. El preservativo se ha roto.

—¿Cómo?

Hadley se levantó de la cama de un salto y se miró los muslos. Aquella expresión tensa era la misma que había visto en su rostro al final de su relación.

—No sé qué ha pasado. Lo siento.

—No lo sientas —dijo ella sacudiendo la cabeza—. Eso nos pasa por no ser sensatos.

Quería consolarla y, al ir a abrazarla, ella sacudió la cabeza.

—Iré a la farmacia dentro de unos días y me compraré un test de embarazo. Pero ¿qué estoy diciendo? No puedo hacerlo. Todo el mundo se enterará.

Corrió al cuarto de baño y se encerró en él.

Pensaba que se despertaría un poco triste por la mañana, pero aquello… No debería haberse acostado con Mo. Siempre surgía algo inesperado. El problema era que cuando estaba con él era incapaz de mantener el control.

Tenía que admitir que estaba allí porque lo había echado de menos. Habría preferido no tener que lidiar con esa realidad, pero lo cierto era que estaba cansada de solo tenerlo en sueños.

Oyó que llamaba a la puerta y se volvió hacia ella. Seguramente querría entrar para limpiarse. Abrió la puerta y allí estaba, con expresión apesadumbrada. Apoyó una mano en el marco y se llevó la otra al pecho.

—Lo siento.

—No es culpa tuya, no hace falta que te sigas disculpando. Ambos hemos venido aquí conscientes de lo que hacíamos.

Él asintió.

A Hadley le fastidiaba la distancia que había entre ellos porque ya no tenían una relación. Por mucho que quisiera convencerse de que Mauricio no era más que un ligue del Bull Pit, sabía que no era así.

Alargó el brazo y entrelazó los dedos con los suyos antes de pasar a su lado y salir del cuarto de baño para dejarle pasar. Iban a tener que pensar algo.

Miró la hora en el reloj que había junto a la televisión. Las cuatro de la mañana. Su madre, que siempre tenía razón, decía que nada bueno pasaba después de la medianoche. Aun así, tal vez no estuviera embarazada. Tendrían que esperar para comprobarlo.

Oyó la cisterna y al cabo de unos minutos, Mo salió del baño. Al verlo vacilar, se dio cuenta de que aunque le había dicho que ninguno tenía la culpa, se estaba comportando como si se sintiera culpable. Si no sintiera aquel deseo por él, aquello no habría pasado, pero nunca había sentido nada parecido por nadie.

—Mo, no pasa nada. No es la primera vez que nos llevamos un susto por un embarazo no deseado.

—Tienes razón. No sé qué me pasa contigo. Este tipo de cosas solo me ocurren contigo.

—Lo mismo digo. Tienen que pasar un par de semanas para que pueda hacerme la prueba de embarazo, lo cual no me viene mal porque tengo que montar una exposición en mi tienda. Puedo aprovechar y comprar la prueba en algún centro comercial de Houston aprovechando que estaré por allí la semana que viene.

Mauricio se acercó y se sentó a los pies de la cama. Estaba tan cerca que podía sentir el calor de su cuerpo y el olor de aquella colonia que tanto le gustaba.

–¿Quieres que lo compre yo? Tengo una reunión con un proveedor de Hogares Para Todos.

Sabía que le gustaba implicarse en obras benéficas. Cuando todavía estaban juntos, había estado con él construyendo casas e incluso había dedicado su tiempo y su talento a decorar habitaciones infantiles.

–No te preocupes, ya lo compro yo.

No quería que se implicara a menos que…

–¿Qué vamos a hacer si me quedo embarazada? –añadió Hadley al cabo de unos segundos.

–Ya lo pensaremos. He cambiado desde que me dejaste.

Hadley asintió. Ya lo sabía. Ella también había cambiado. En el pueblo, siempre había sido la pequeña de los Everton, la novia de Mauricio, la joven artista que se había marchado a Manhattan… Lo cierto era que nunca había tenido tiempo para descubrir quién era realmente Hadley Everton.

Y le estaba costando hacerlo. Al parecer, seguía sintiendo debilidad por los ojos oscuros de Mauricio y por su mandíbula cuadrada.

–¿Quieres dormir un poco más o prefieres que te acompañe al coche y te lleve a casa? –preguntó él, interrumpiendo sus pensamientos.

Mauricio había aprovechado su paso por el cuarto de baño para aclararse las ideas. Aunque su intención había sido poner punto y final a su relación, algo en lo que estaba de acuerdo Hadley, aquello no era lo que tenía en mente. No iba a ser fácil para ninguno de los dos esperar dos semanas.

Lo único en lo que podía pensar era en la posibilidad de que estuviera esperando un hijo suyo.

Aunque nunca se había tenido por un hombre familiar, era incapaz de quitarse de la cabeza la imagen de Hadley con el vientre abultado. Eso le hacía pensar en cosas que nunca había pensado que fueran posibles. Ninguno de los dos estaba preparado para una relación seria.

Se había disculpado y sabía que pasaría mucho tiempo antes de que lo perdonase de verdad. No le sorprendería que Hadley no creyera que había cambiado. Todas aquellas discusiones del pasado otoño lo habían hecho recapacitar. Era consciente de que iba a llevarle tiempo demostrarle que había cambiado y cabía la posibilidad de que no quisiera volver a saber nada más de él. Tal vez nunca le perdonase el haberle pillado con otra en la cama.

No podía culparla. Él era el primero que tampoco podía perdonarse haberle hecho tanto daño.

Pero iba a dejar que Hadley tomara el control de la situación. Independientemente de cómo se sintiera él, estaba seguro de que estaría asustada. Se la veía tranquila y serena allí sentada a su lado, pero no dejaba de dar golpecitos con el pie izquierdo.

—Me parece bien lo que quieras hacer, pero me gustaría estar contigo cuando te hagas la prueba.

—Claro —replicó y miró a su alrededor—. Creo que por esta noche no voy a poder dormir más. ¿Te importa llevarme a casa? Anoche vine con Zuri.

—En absoluto. ¿Quieres esperar aquí mientras voy a por el coche y te recojo?

—Sí, me parece buena idea.

Se puso la camisa. Olía a humo y whisky, y ligeramente a Hadley. Se la abrochó a toda prisa y luego se puso las botas.

–Te llamaré cuando esté en la puerta.

Hadley asintió y Mauricio salió de la habitación. Había tenido otras aventuras de una noche, pero ninguna como aquella. La sensación no era agradable, aunque tampoco sabía muy bien cómo definirla. Quería subirse al coche, dejarla en su casa y marcharse después a la suya para aclararse las ideas.

De camino al aparcamiento del Bull Pit, no pudo dejar de pensar en cómo siempre acababa metiendo la pata con Hadley. Ya desde que empezaron a salir, se había esforzado mucho para que todo fuera perfecto con ella. En parte había sido porque le había contado que se creaba grandes expectativas con los hombres con los que salía. Se lo había dicho en la primera cita. Le había resultado tierno y no había vuelto a pensar en ello hasta que le había hecho daño por vez primera. Había sido entonces cuando se había dado cuenta de que se había hecho ilusiones de que fuera su novio.

Esa presión le había hecho más difícil estar a la altura de sus expectativas y con el tiempo había empezado a cansarse de ella. Pero era culpa suya. Siempre había sido impetuoso. Eso lo había diferenciado de su familia, incluso de su hermano gemelo, ya desde niño.

Solo quedaban cinco coches en el aparcamiento. Abrió el suyo y condujo de vuelta hasta el hotel. Todavía no eran las cinco de la mañana y ya empezaba a haber tráfico. Mucha gente se desplazaba a Houston a trabajar. Al ver un Cadillac CTS tomar la calle principal, maldijo entre dientes. Era su madre.

Al pasar a su lado le pitó y Mauricio no quiso parar en el hotel para evitar preguntas, así que siguió de largo conduciendo en dirección al edificio donde tenía su ático. Allí esperó diez minutos y luego se dirigió al hotel, sin dejar de vigilar por si acaso volvía a ver a su madre.

Entró por la entrada trasera al aparcamiento y desde allí mandó un mensaje a Hadley con su ubicación. Estaba sudando y se sentía como un adolescente de dieciséis años, y no como el hombre de casi treinta que era. No quería que su madre se enterara de nada. Se había llevado un disgusto la primera vez que habían cortado. Lo que había pasado entre ellos esa noche no era una reconciliación, así que no quería tener que darle explicaciones a su madre.

Por mucho que deseara que todo volviera a ser como antes, sabía que todo había acabado. Hadley no volvería a confiar en él, y menos en tan poco tiempo. Sabía que iba a tener que esforzarse por demostrarle que había cambiado.

Eso lo asustaba. Nunca había querido necesitarla más de lo que ella lo necesitaba a él.

Cuando vio a Hadley salir del hotel y dirigirse hacia el coche, salió para abrirle la puerta.

—Has tardado más de lo que pensaba —dijo ella—. ¿Estás bien para conducir?

—Sí, he visto a mi madre cuando venía a recogerte y fingí que iba de camino a casa por si acaso…

—No tienes que explicarme nada. Cuanto menos sepan nuestras madres sobre esto, mejor.

–Estoy de acuerdo.

La llevó a su casa, a las afueras de Cole´s Hill. Aparcó cerca de la entrada de su tienda, en los bajos de donde tenía el *loft*. No hizo amago de bajarse del coche y Mauricio se volvió hacia ella.

–No me arrepiento de nada –dijo él–. Bueno, me fastidia que se haya roto el preservativo, pero por lo demás estoy bien.

–Yo tampoco me arrepiento –asintió Hadley.

Se acercó y lo besó en la mejilla antes de salir del coche.

–Te mandaré un mensaje cuando tenga la prueba para que estemos juntos cuando me la haga.

–Te invitaré a cenar después.

–No hace falta.

–Lo sé, pero seguro que nos vendrá bien hablar.

Hadley se dio media vuelta y Mauricio la observó entrar en el edificio. Luego esperó hasta que vio encenderse las luces de su *loft*. Odiaba tener que marcharse y tal vez debería haber insistido en quedarse con ella, pero sabía que en aquel momento no pensaba con claridad.

Capítulo Seis

La cafetería de Main Street estaba abarrotada de blogueros, futuros escritores y profesionales que no tenían despachos en los que mantener sus reuniones. Mauricio apenas reparó en ellos al ponerse en la fila. A pesar de que no le entusiasmaba la vida en los pueblos, no podía negar que le gustaba que todo el mundo se conociera. Oyó que se abría la puerta a sus espaldas y enseguida percibió el olor a gardenias, el olor de Hadley.

Volvió la cabeza, se quitó las gafas de sol y sus ojos se encontraron. Parecía cansada, aunque estaba muy guapa. Se preguntó si habría dormido tan mal como él. No había dejado de pensar en la posibilidad de tener un bebé y en cómo afectaría a sus vidas.

—Buenos días, Hadley.

—Hola, Mo —replicó acercándose por detrás.

Su cercanía le afectó. Se irguió y tensó los músculos sin darse cuenta de que lo estaba haciendo. Pavonearse delante de ella nunca le había servido para enmendar sus metidas de pata con ella. Había estado a punto de superar su ruptura.

«Sí, claro», se burló su subconsciente.

Al menos, lo había intentado.

—Deja de mirarme así —añadió ella—. Están a punto de llegar los miembros del club de lectura.

No quiero darles motivos para que hablen de nosotros.

–Cariño, no hace falta que vean cómo te miro para que lo hagan.

La campanilla volvió a sonar y Loretta, la secretaria de Alec, entró.

–¡Hola! Cuánto me alegro de volver a veros juntos.

–¿Qué?

–Es de lo único que se habla esta mañana. Anoche en el Bull Pit se os vio muy acaramelados.

–No era lo que parecía –dijo Hadley.

–¿De verdad? Alec no lo ha negado esta mañana. De hecho, sonrió cuando se dio cuenta de que se me había olvidado llevar el café –dijo Loretta.

–Alec está equivocado –afirmó Mauricio.

Era consciente de que Hadley no quería que nadie se enterase de lo que había pasado entre ellos la noche anterior. Estaba dispuesto a seguirle la corriente a pesar de que a él no le importaba.

–Éramos dos amigos pasándolo bien –prosiguió–. Nada más.

Aquellas palabras se le atascaron en la garganta y se preguntó desde cuándo le había dado por mentir.

–Lo que digáis.

–Están esperando para tomar tu pedido, Mo –intervino Hadley–. Pídeme un café con leche desnatada mientras busco una mesa para sentarnos.

Mauricio se limitó a pedir sus bebidas y esperó a que se las preparasen, consciente de que todo Cole´s Hill tenía su atención puesta en Hadley y en él. Ni siquiera el tipo al que no había reconocido unos minutos antes parecía capaz de apartar la vista de Hadley.

Estaba muy guapa con unos vaqueros rosas y una camiseta sin mangas de lunares negros. Llevaba el pelo recogido en una coleta que hacía destacar sus mejillas y su rostro en forma de corazón. No podía dejar de mirarla.

Sí, había estado a punto de superar su ruptura.

El camarero lo llamó por su nombre y recogió las dos tazas de cerámica con el logo de la cafetería, y se abrió paso entre las mesas. Llegó al fondo y se sentó frente a ella.

—Uf, eso ha sido…

—Era de esperar —concluyó Hadley—. He venido a hablar con Kinley de la boda y me he metido aquí para evitar a mi madre. La he visto entrar en el banco, pero esto es casi peor. ¿Qué vamos a hacer?

—Fingir que salimos —respondió él—. Tenemos que fingir que somos pareja hasta que decidamos qué hacer.

Sabía que no era lo ideal, pero tal y como había reaccionado a la pregunta de Loretta de si estaban saliendo, se había dado cuenta de lo difícil que iba a ser conquistarla de nuevo. Además, estaban en un buen lío después de lo que había pasado la noche anterior.

—¿Fingir que salimos?

—Bueno, me encantaría salir contigo de verdad, pero ya me has dejado claro que no quieres nada conmigo. Lo de anoche no cuenta porque estabas hasta arriba de tequila —dijo y de repente se dio cuenta de que estaba siendo un imbécil—. Lo siento, no debería haber dicho eso.

—No, tienes razón –admitió–. Pero tal vez fue el tequila lo que hizo que me diera cuenta de que no te he olvidado.

—Sé que soy un zopenco insensible, pero lo cierto es que olvidarte me ha resultado más difícil de lo que pensaba.

Hadley apoyó la mano en su puño cerrado y le acarició los nudillos. Un escalofrío lo recorrió, obligándole a ahuecar la entrepierna bajo la mesa.

—No siempre eres un zopenco.

Sus ojos se encontraron y, por primera vez desde que salió de su dormitorio año y medio atrás, con la única excepción de la noche anterior, vio en su mirada algo que no era furia.

—Vamos a tomárnoslo con calma. ¿Qué te parece si quedamos a cenar esta noche?

Ella asintió.

—Muy bien.

—Bueno, bueno, bueno. Esto no lo hubiera creído si no lo hubiera visto con mis propios ojos –dijo Candace Everton, deteniéndose junto a su mesa.

—¡Mamá! –exclamó Hadley, apartando la mano de la de Mauricio e irguiéndose.

—Tengo que volver al trabajo –anunció Mauricio, poniéndose de pie–. Nos veremos esta noche para cenar, Hadley.

—En el Peace Creek a las ocho. Hasta luego.

Hadley había elegido el restaurante más caro del pueblo, pero a Mauricio no le importó. Se despidió con una inclinación de cabeza y salió de la cafetería. Si iban a fingir que estaban saliendo, ¿por qué no darse un capricho?

***

Hadley deseó escapar de su madre, pero Candace se sentó en el asiento de Mauricio y llamó a uno de los camareros para pedirle un café.

–Señora, tiene que pedirlo en la barra –le contestó el muchacho.

–Hijo, te estaré muy agradecida si me traes ese café. Por cierto, ¿a tu madre la conozco, verdad?

–Sí, señora Everton. Soy Tommy Dunwoody.

–Ya sabía yo que conocía a este chico tan apuesto. Además, todos los hombres Dunwoody son siempre muy atentos.

Tommy se sonrojó antes de darse media vuelta.

–Mamá, eres un caso –comentó antes de dar un sorbo a su café, que ya se le había quedado frío.

–Sí, ¿verdad? –dijo entre risas–. Bueno, vamos a hablar de la boda de Helena, pero antes quería preguntarte… ¿Tienes claro lo que estás haciendo con ese Velasquez?

No, no tenía ni idea. Estaba saliendo con él, o más bien fingiendo hacerlo, hasta que supiera si se había quedado embarazada. Tenía el presentimiento de que esta vez no le iba a resultar tan fácil separarse de él como lo había sido antes.

–Claro, mamá, le tengo donde quiero.

Mentir a su madre en asuntos personales era una vieja costumbre, y no iba a saltársela en medio de una cafetería para decirle que tal vez se había quedado embarazada la noche anterior.

–¿Le tienes donde quieres? Así no funciona una relación –dijo Candace.

—Mamá, por favor. Estamos hablando de Mo. Ya sabes que es complicado. Entre nosotros hay un pasado y mucha química, y estoy intentando no volver a equivocarme.

—Está bien, Hadley. No quiero andar fisgoneando, pero si necesitas hablar, ya sabes que puedes contar conmigo —dijo mientras sacaba un billete de veinte dólares del bolso al ver que Tommy regresaba—. Gracias, Tommy —añadió dándole el billete.

—Enseguida le traigo su cambio.

—No hace falta, hijo. Dale recuerdos a tu madre de mi parte y dile que tiene un hijo muy educado.

—Gracias, señora.

El muchacho se despidió con una inclinación de cabeza y se marchó.

—Quería hablarte del pastel nupcial. He visto los bocetos que has hecho. Cariño, tienes mucho talento. Me han encantado, pero tenemos que asegurarnos de que lo hayan entendido en la pastelería. Tilly tiene unos ayudantes muy competentes, pero no sé si serán capaces de hacer realidad tu idea.

—Estoy segura de que lo harán bien —dijo Hadley—. Además, ¿no iba a ocuparse Kinley de eso?

—¿Cómo dices?

—Venga, mamá, ya sabes que…

—No estoy dispuesta a permitir que una desconocida se ocupe de los detalles de la boda de mi hija mayor.

—Kinley sabe lo que hace. Ha planificado muchas bodas.

—Es buena, lo reconozco, pero tenemos claro lo

que queremos. Tal vez me acerque a la pastelería para hablar con Tilly. Su padre y yo coincidimos de vez en cuando.

Su madre también le hizo algunas observaciones que hacer sobre los centros de flores y los ramos de la novia y sus damas de honor, que le pidió que transmitiera a Kinley. Cuando acabó, se despidió de su hija con un beso en la mejilla y se dirigió hacia la puerta de la cafetería, deteniéndose prácticamente en todas las mesas para saludar a alguien. Hadley apuró su café, y al cabo de unos minutos, se marchó.

Al llegar a la puerta, se encontró con Bianca Velasquez–Caruthers, la hermana de Mo y esposa de Derek Caruthers, un eminente cardiólogo de Cole´s Hill. Habían ido juntas al colegio y, al acabar el instituto, se había marchado a Nueva York y se había convertido en una modelo.

Habían vuelto a encontrarse en Nueva York, en la presentación del libro de Sera Samson sobre sus vivencias con su prometido Lorenzo Romano, campeón de la Fórmula Uno en tres ocasiones. Había sido agradable ver un rostro conocido en aquella fiesta multitudinaria. Bianca conocía al prometido de Sera desde que se casó con el fallecido piloto de Fórmula Uno José Ruíz.

–Hola, Hadley –la saludó, sosteniéndole la puerta para que pasara–. Supongo que te pitarán los oídos esta mañana.

–No lo sabes bien.

–Te compadezco. Cuando he llevado a mis hijos al colegio, todas las madres estaban hablando de ti y de Mo.

–¿De verdad? Creí que todas las cotillas se concentraban en el club de lectura.

–No, por desgracia –replicó Bianca.

Hadley suspiró, apartándose de la entrada para que otros clientes entraran en la cafetería. Bianca la siguió.

–¿Adónde vas?

–A ver a Kinley.

–Nada como planificar la boda de otros cuando tu vida amorosa es de lo único que se habla, ¿verdad?

–Exacto, ya veo que me entiendes. De todas formas, ya me imaginaba que algo así pasaría cuando estuve bailando anoche con tu hermano –dijo Hadley, confesando en voz alta lo que llevaba todo el día pensando.

–¿Por qué lo hiciste?

–A veces soy incapaz de resistirme a sus encantos –admitió–. No le digas que he dicho eso.

–No se me ocurriría. Bastante creído se lo tiene, aunque supongo que es culpa de mi madre. De niños, siempre les decía a mis hermanos que eran maravillosos.

Hadley se despidió de Bianca y trató de concentrarse en los preparativos de la boda de Helena para no pasarse el resto del día pensando en su cita con Mo.

Malcolm ya estaba trabajando cuando Mauricio llegó a la oficina. Saludó a su amigo con una inclinación de cabeza y reparó en que no tenía buen aspecto. Recordó lo que Helena le había dicho la noche anterior y, aunque tenía por norma no meterse en los asuntos de los demás, decidió comprobar si necesitaba ayuda.

–Mal, ¿tienes un minuto?

–Claro, ¿de qué se trata? –preguntó y dejó de la mesa en la que estaba sentado para acercarse a Mo.

–Vayamos a hablar a mi despacho.

Como socio de la empresa, Malcolm tenía su propio despacho, pero prefería trabajar codo con codo con los empleados más jóvenes. Decía que eso le ayudaba a mantenerse fresco. Pero los datos del mes anterior no reflejaban su nivel habitual y Mauricio necesitaba saber qué estaba pasando.

Entraron en el despacho y Malcolm se acercó al gran ventanal que daba a la plaza del ayuntamiento.

–¿Te pasa algo? –preguntó Mo.

–¿Qué?

–Escucha, no me gusta inmiscuirme, pero tu promedio ha bajado este último mes y Helena está preocupada por ti. Si te soy sincero, esta mañana tienes mal aspecto.

Malcolm maldijo entre dientes y se pasó la mano por el pelo.

–No lo sé. Es un asunto que ha empezado torcido.

–¿A qué te refieres?

–Los informes financieros no cuadraban y cuando traté de averiguar más, no encontré nada. Pero había algo que no encajaba.

–Tonterías.

–¿Qué?

–Te conozco. Eres muy riguroso con las finanzas, así que ¿qué está pasando realmente? –preguntó Mauricio, apoyándose en el escritorio.

Le había costado mucho esfuerzo fundar su empresa inmobiliaria y convertirla en un negocio rentable. Era de las mejores en aquella zona de Texas y nadie que trabajara en el sector se arriesgaba con acuerdos financieros dudosos.

–Está bien. He apostado fuerte en la liga de equipos ideales de fútbol, pero no va muy bien. La semana pasada decidí arriesgar más y perdí –explicó Malcolm.

–¿Quieres que te cubra? –se ofreció Mauricio.

–No hace falta. He intentado recuperar lo que perdí trabajando más, pero es como si los clientes se dieran cuenta y pensaran que estoy desesperado.

–¿Qué te parece si te acompaño a tu próxima reunión y tratamos de cerrar juntos el acuerdo? –dijo Mo–. Volverás a estar en lo más alto.

–Estupendo.

–¿De quién esperamos respuesta?

–Del grupo Tressor. Son los fabricantes de plásticos de Plano. Quieren estar cerca de Galveston y del puerto, y creo que he conseguido despertar su interés por los viejos almacenes Porter.

–Qué bueno eres. Hace años que llevamos intentando que le interesen a alguien.

Aquellos almacenes estaban apartados del pueblo. Se los habían ofrecido a la NASA, pero no necesitaban un lugar de almacenaje en Cole´s Hill estando tan cerca del centro espacial Johnson de Houston.

–No pude convencerlos en la primera reunión.

Hoy vienen a comer y luego daremos otra vuelta más por las instalaciones –dijo Malcolm.

–Me reuniré contigo después de la comida. Juntos cerraremos el acuerdo. Despliega tu encanto sureño y no hables de los almacenes durante la comida, ¿de acuerdo?

Malcolm asintió.

–Gracias, Mo. Sé que Helena ha hablado contigo, pero lo tengo todo bajo control.

–Lo sé. Siempre has sabido estar en lo más alto.

–Sí, así es –dijo Malcolm sacudiendo afirmativamente la cabeza varias veces.

Mauricio nunca lo había visto tan inseguro, pero sabía que la gente cambiaba cuando se enamoraba. No conocía a ninguna persona mejor que Malcolm.

Una vez su amigo salió del despacho, Mauricio se fue a su mesa y llamó al restaurante para hacer la reserva para cenar. Luego encargó que le llevaran un ramo de peonías a Hadley. No quería que pareciera que estaban haciendo tiempo hasta que se hiciera la prueba de embarazo. Quería que fuera algo así como el principio de la reconstrucción de algo.

Le mandó un mensaje a su secretaria pidiéndole que le avisara cuando Malcolm se marchara de la oficina. Le venía bien tener a su amigo para distraerse y no pensar en su cita con Hadley de aquella noche.

¿Y si al final lo echaba todo a perder? ¿Y si hacía algo estúpido como lo que había hecho Malcolm?

Después de que Hadley lo dejara, la rabia le había hecho perder el control. Esta vez se sentía mejor, como si estuviera en posición de ser el hombre que ella tanto necesitaba o, incluso, el que quería ser.

Su secretaria le avisó de que Malcolm se había marchado y Mo se fue a hablar con los chicos de la oficina que sabía que también participaban en la liga de equipos ideales. Cada semana hacían sus alineaciones y apostaban entre ellos. Todd, Alan y Rob estaban en la cocina, tomándose el café de media mañana.

—Hola, jefe, ¿quieres un café? —preguntó Todd.

—No, estoy bien. Quería saber qué tal va el asunto del fútbol.

—Bien. Nuestra empresa va a la cabeza de la liga. Malcolm es el que más va ganando, pero es normal teniendo en cuenta que le ha estado comiendo la cabeza a Manu sobre los puntos fuertes de los diferentes jugadores.

—¿Va ganando? —preguntó Mauricio.

—Sí, mucho. Hace unas semanas, incluso consiguió un bono. ¿Quieres participar?

—No, estas cosas no van conmigo —respondió Mauricio.

Charló un rato más con sus empleados antes de marcharse. ¿Por qué mentiría Mal? ¿Qué ocultaba? Le habría gustado desentenderse, pero no quería que Helena sufriera, y no solo porque supiera que Hadley le mataría si dejaba que algo le ocurriese a su hermana.

Capítulo Siete

Hadley se ocupó de los recados que su madre le había pedido para la boda y volvió a su tienda a tiempo de recibir los cuadros de El Rod, un retratista con mucho futuro cuyo trabajo estaba despertando un gran interés. Era de Taos y solo se comunicaba con ella por correo electrónico porque no le gustaba hablar por teléfono.

Nunca se había considerado una artista inquieta, pero aunque empezara a vender sus obras por los mismos precios que aquel retratista, seguramente tampoco le gustaría que anduvieran llamándola por teléfono.

Oyó la campanilla de la puerta mientras abría el embalaje. Lo dejó a un lado y se sorprendió al ver a su hermana.

–¿Qué pasa?

–¿No debería preguntarlo yo? Anoche te vi bailando con Mauricio, pero no pensé que fueras a ser tan estúpida como para ir más allá –dijo Helena.

–¿Qué te hace pensar que pasó algo?

Hadley no estaba segura de querer contarle a su hermana lo de la noche anterior. Llevaba todo el día tratando de pensar en otra cosa que no fuera el preservativo roto y sus posibles consecuencias.

Lo único que había intentado la noche anterior había sido sacarle información a Mauricio. Si fuera una persona supersticiosa, probablemente buscaría un significado más profundo a lo que había pasado.

–Hoy he ido a revisar la contabilidad del Grand Hotel y el encargado de la noche me ha contado que os vio salir de madrugada y que se alegraba mucho de que os hubierais reconciliado.

–Es una locura. Esta mañana, la mitad de la gente que había en la cafetería pensaba lo mismo –dijo Hadley.

Helena rodeó a su hermana y la abrazó fuerte.

–¿Estás contenta por lo que fuera que pasara anoche?

–Es complicado –respondió Hadley.

–Ya me imagino. He traído algo para que comamos juntas y podamos hablar –dijo Helena sacudiendo una bolsa de Manu´s BBQ–. Es lo menos que podía hacer después de que te estés haciendo cargo de mamá y de la boda. ¿Aquí o en tu despacho?

Hadley despejó una de las mesas que usaba para las clases de pintura de los miércoles y acercó un par de sillas.

–Me gusta ocuparme de los preparativos de la boda. Es divertido y muy diferente a lo que suelo hacer –comentó y sacó un par de botellas de agua de la pequeña nevera de debajo del mostrador.

Helena abrió la bolsa de comida y Hadley contuvo un suspiro. Tenía debilidad por la carne de aquel restaurante.

Se sentaron una frente a la otra y comieron en silencio durante varios minutos. Fue Hadley la que rompió el silencio al dejar caer la noticia bomba.

–Tal vez me haya quedado embarazada anoche.

–¿Estás de broma?

–No. El preservativo se rompió. Tengo pensando hacerme una prueba de embarazo, pero no la puedo comprar aquí y que empiecen los rumores. Imagínate cuando se entere mamá.

–Entonces, ¿qué vas a hacer? Tampoco puedes ir al doctor Phillips –dijo Helena y dejó el tenedor en el plato sin apartar la mirada de Hadley–. Vaya, hermanita, se ve que cuando haces algo, no conoces el término medio.

–No era mi intención que algo así pasara. Ni siquiera sé cómo sucedió.

–Ya pensaremos algo. ¿Qué piensa Mo?

–No lo sé. Hemos quedado para cenar esta noche. No ha dejado de disculparse, pero tampoco es que sea culpa suya.

–Desde luego.

–El miércoles de la semana que viene tengo que ir a Houston y aprovecharé para comprar la prueba allí. Hasta entonces, no va a cambiar nada.

Helena sacudió la cabeza.

–Las consecuencias, no. Pero lo cierto es que solo de pensar que puedas estar embarazada de Mo, tus sentimientos por él pueden verse afectados. Y los suyos por ti. Bastante duro te resultó separarte de él. ¿Estás segura de que no quieres considerar otras opciones?

–¿Qué otras opciones? No, eso no va conmigo –dijo Hadley–. ¿Por qué dices eso?

–Porque tener un hijo es una cosa muy seria, especialmente si no eres capaz de olvidar al padre, aun sabiendo que no tienes futuro con él —dijo Helena.

—Sea cual sea el resultado de esa prueba, lo cierto es que Mo y yo vamos a tener que encontrar la manera de seguir siendo amigos si los dos vamos a quedarnos a vivir aquí. Si lo que ha pasado hoy sirve de ejemplo, creo que el pueblo no está preparado para que no seamos pareja.

—Olvídate de los demás y preocúpate de ser feliz. Siempre vas a estar en el candelero, así que acostúmbrate. No hay nadie en este pueblo que no tenga relación de una u otra manera con mamá y la señora Velasquez.

Helena tenía razón. Mo y ella tenían que encontrar la manera de coexistir. Esa noche podía ser un primer paso para averiguar cómo ser amigos y solo amigos, por mucho que sintiera mariposas en el estómago ante la idea de volver a verlo.

Mauricio ayudó a Malcolm a cerrar el acuerdo con la empresa de plásticos antes de volver a la oficina. Faltaba poco para las cinco y se respiraba calma. Muchos agentes habían salido a enseñar casas a clientes.

Sabía que debía dejar a Malcolm para que comenzara con el papeleo del acuerdo, pero quería respuestas. Una cosa era que no quisiera contarle su problema con el dinero y otra que le mintiera. Era algo atípico en Malcolm, por lo que Mauricio no podía dejar de preguntarse qué demonios le pasaba a su amigo.

—He estado hablando con Todd y me ha contado que nuestra oficina va a la cabeza en la liga de fútbol. Eso no es lo que tú me dijiste, así que uno de los dos me está mintiendo. El fútbol me da igual, pero sí me preocupa que te hayas sentido obligado a mentirme.

Malcolm sacudió la cabeza y se separó del escritorio, cruzando los brazos sobre el pecho.

–Mo, no quiero hablar de eso. Siento haberte mentido.

–Por esta vez te perdono, pero si haces daño a Helena, te las tendrás que ver conmigo.

–No tienes por qué preocuparte de ella –dijo Malcolm poniéndose de pie.

–Lo sé, es asunto tuyo, pero estás distraído –dijo Mo–. Pon un poco de orden en tu vida.

Dio media vuelta y se fue a su despacho, cerrando la puerta al salir. No sabía en qué clase de problemas andaría metido Malcolm, pero estaba decidido a hacer todo lo necesario para cuidar de su amigo y que su compromiso no se viera afectado.

Un mensaje hizo vibrar su móvil y miró la pantalla con la esperanza de que no fuera Hadley cancelando su cita. Por suerte era Diego recordándole que tenían entrenamiento de polo a las seis. Le contestó con el emoticono del pulgar hacia arriba y envió un mensaje a Rosalita, su asistenta, pidiéndole que le llevara una muda y su bolsa de aseo al campo de polo para poderse duchar y vestirse allí.

Nada más sentarse en su mesa, la puerta del despacho se abrió y apareció su padre. Domingo Velasquez se quitó su sombrero negro al entrar y se apoyó en una esquina del escritorio. Mo tuvo la sensación de que aquella no era una simple visita de cortesía.

—Papá, ¿qué estás haciendo aquí? ¿No te esperan en el club a esta hora? —preguntó Mo.

«Mantén la calma», se dijo.

—Ya sabes que sí, pero tu madre te vio a las cuatro cuarenta y nueve de esta mañana, así que tenemos que hablar.

—Vaya, qué exactitud.

—Lo sé. Quiere saber que hacías a esa hora y me ha pedido que te recuerde que prefiere enterarse por ti y no por los cotilleos que oiga en el club cuando vaya esta noche a cenar —dijo Domingo—. Así que he venido a que me des la primicia.

Mauricio respiró hondo y sacudió la cabeza.

—Estuve con los chicos jugando al billar en el Bull Pit y Hadley estaba allí.

Su padre se puso rígido y se fijó en las manos de Mauricio. Pareció relajarse al ver que no tenía rasguños en los nudillos.

—No me he metido en ninguna pelea, papá. Estuve bailando con Hadley y una cosa llevó a la otra. Bebimos demasiado, así que caminamos hasta el hotel y luego volví para recoger mi coche y llevarla a casa. Fue entonces cuando me vio mamá.

Su padre se levantó y se acercó a la cristalera que daba al parque. Giró el sombrero entre sus manos y no dijo nada. De joven, cada vez que Mauricio se metía en problemas, era incapaz de dejar de hablar. Pero no tenía nada que decirle a su padre. No sabía que podía pasar la siguiente vez que estuviera con Hadley.

—¿Ha sido una aventura de una noche?

–No lo sé. Me gustaría que fuera algo más, pero no sé qué es lo que quiere ella. La he invitado a cenar esta noche –contestó–. Tampoco sé si alguna vez será capaz de perdonarme o si podré ganarme su confianza.

–Salir a cenar es un buen comienzo. Sé cómo es este pueblo, pero tienes que hacer lo que creas más adecuado para ambos. Así que si necesitas tiempo o es tu forma de pasar página, lo entiendo.

–Gracias –dijo Mauricio–. No quiero hacerla sufrir.

–Nadie lo quiere.

–¿Por qué no puede ser más fácil?

–Espera a que tengas hijos. Y si tienes hijas, es aún peor.

Después de que su padre se fuera, sus palabras siguieron resonando en su cabeza. ¿Y si tenía una hija con Hadley? No se había parado a pensar en qué pasaría más allá del embarazo. Tener una hija sería todo un desafío. Sabía cómo reaccionarían los hombres y no tenía claro que estuviera preparado para hacer frente a algo así. Además, ¿y si le fallaba a su hija? Quería creer que había cambiado, pero no estaba seguro de que estuviera preparado para la paternidad.

El restaurante Peace Creek estaba en Main Street. Hadley se dio cuenta de que si querían ser discretos, no debería haber sugerido aquel sitio, pero ya mucha gente se había dado cuenta de que había algo entre ellos. Además, nunca le había gustado ocultarse.

Mauricio se había afeitado y se había puesto un impecable traje gris hecho a medida. Llevaba en la mano izquierda un sombrero a juego con el traje.

La tomó por la parte baja de la espalda mientras seguían al camarero hasta la mesa. Hadley se arrepintió de no haber elegido un vestido de lana en vez del aquel de seda con la espalda desnuda. Pero había querido estar guapa para él y le agradaba el roce de su mano en la piel.

Estaban en terreno de nadie y no sabía qué pasaría a continuación. Se había prometido no volver a meterse en la cama con Mo. Necesitaba pensar con la cabeza y no con la entrepierna.

Le sostuvo la silla y luego se sentó frente a ella, antes de que el camarero les preguntara qué querían tomar.

—Agua mineral con unas gotas de lima.

—Lo mismo para mí —dijo Mo—. ¿Estás dejando de beber? —preguntó una vez se hubo marchado el camarero.

—No, es solo por si acaso resulta que estoy... Ya sabes. Prefiero no correr riesgos.

—Bien pensado —afirmó recostándose en la silla—. ¿Quieres que hablemos de ello?

—Creo que deberíamos esperar hasta que nos traigan las bebidas para que el camarero no nos interrumpa.

Mauricio volvió a asentir y Hadley se dio cuenta de que estaba nervioso, lo cual era una tontería teniendo en cuenta que no era su primera cita. Siempre habían sido el centro de atención de todo el mundo, y se había esforzado en dar la imagen de pareja perfecta. Había sentido tanta presión que no recordaba ninguna comida en la que no se hubiera sentido disgustada con Mo por algo que no hubiera hecho bien.

–¿Qué tal tu día? –preguntó él después de unos segundos de silencio.

–No ha estado mal después de que me dejaras a solas con mi madre –respondió arqueando una ceja.

–Lo siento, pero nunca le he caído bien a Candace y me dio la sensación de que si me quedaba, no iba a ser agradable para ninguno.

–Tienes razón –replicó Hadley–. Siempre ha pensado que somos como el agua y el aceite.

–En eso se equivoca. Siempre ha habido chispa entre nosotros.

Cierto, su pasión había sido ardiente, y se había tenido que esforzar en el resto de aspectos. Eso le había hecho darse cuenta de lo inmadura que había sido, siempre tratando de dar la impresión a los demás de que su relación era perfecta en vez de preocuparse de ser perfectos el uno para el otro.

–Bueno, y después de ocuparte de tu madre, ¿qué más has hecho?

–He recibido las obras para la exposición de la semana que viene. Son de un pintor que está en auge y he tenido suerte de conseguirlo. Solo se podrá asistir con invitación y se celebrará un único día, el viernes. He avisado a los coleccionistas más importantes del estado. ¿Quieres venir?

–Me gustaría. ¿Qué pasa si no…?

Hadley puso las manos en la mesa, a ambos lados de su plato y se quedó mirándolo. En sus ojos veía la misma incertidumbre que sentía en su interior.

–Pase lo que pase, creo que deberíamos encontrar la manera de ser amigos, a menos que uno de los dos se vaya de Cole´s Hill y creo que eso, hoy por hoy, no va a pasar.

–¿Y cómo vamos a hacerlo? –preguntó justo cuando el camarero les traía las bebidas.

Eso le dio unos segundos a Hadley para pensar la respuesta, puesto que no sabía qué decir. No pudo evitar preguntarse si después de todo lo que había pasado entre ellos, podrían ser amigos. Sí, tenían que encontrar la manera, sobre todo si estaba embarazada.

Pero, ¿podría confiar en él? Quería creer que había cambiado de verdad, de corazón, no solo porque se sintiera mal por haberle hecho daño.

–Hadley, ¿ya sabes lo que vas a comer? –preguntó Mauricio.

Pidió solomillo con la salsa especial del chef. Después de que se fuera el camarero, cayó en la cuenta de que Mo iba a querer hablar de lo que harían si la prueba de embarazo resultaba ser positiva.

No le apetecía hablar de algo hipotético. De lo único que estaba segura era de que no quería distanciarse de Mauricio y estaba decidida a hacer todo lo posible para construir una amistad con él.

–Bueno, estabas diciendo…

–¿Te importaría que no hablásemos de eso esta noche? –dijo ella, sorprendiéndose a sí misma por decir en voz alta lo que pensaba.

–En absoluto. Pensaba que era lo que querías.

–No hasta que no nos quede más remedio. Ahora cuéntame qué tal tu día.

–No ha estado mal. Estoy trabajando en un nuevo proyecto benéfico y he tenido una reunión en la mansión Dunwoody.

–Me encanta esa casa. ¿Sigue siendo tan bonita por dentro como siempre?

–Sí, pero está anticuada. No estaría mal que te contrataran para reformarla.

–No me dedico a la decoración de casas.

–Profesionalmente no, pero lo que hiciste en la casa que compartimos estuvo muy bien, le dio un aire fresco y elegante.

–Demasiado fresco tal vez –dijo sin pensar.

–Tal vez. Quizá por eso pensé que no tenía que preocuparme de ti –dijo Mauricio–. Ahora me doy cuenta de que me equivoqué, Hadley. Te seré sincero. Creo que me aproveché de ti porque siempre fuiste muy complaciente.

–Quería lo que mis padres tenían y pensé que si te hacía la vida fácil, tú harías lo mismo.

–Me gustaría que hubiera sido así.

Ella se limitó a asentir.

–La comida de aquí es muy buena.

Dejó que cambiara de tema y siguieron hablando del equipo de fútbol del instituto y del nuevo menú de Famous Manu. Según avanzaba la noche, Hadley reparó en lo relajada y cómoda que se sentía con Mauricio. No se había sentido tan a gusto en todo el año en que habían estado saliendo. Prestó atención a lo que le estaba contando y se dio cuenta de lo buen narrador que era. Al terminar la velada, tuvo la sensación de que fuera cual fuese el resultado de la prueba de embarazo, estaban tendiendo los lazos de una verdadera amistad.

Capítulo Ocho

Después de la cena, Mauricio sugirió pasear por las instalaciones del nuevo campo de polo que Diego y él habían inaugurado recientemente a las afueras de Cole´s Hill. Se alegró mucho cuando le dijo que sí.

–Diego y Bart Figueras son los expertos en caballos y polo, pero quise participar en la inversión y convertirme en un socio más –le contó mientras atravesaban el pueblo.

Bart era un famoso modelo y jugador de polo argentino. Hacía años que era amigo de la familia Velasquez.

–Me alegro. Siempre quisiste hacer algo más que dedicarte a la promoción inmobiliaria.

Su ego se disparó al oírle recordar ese detalle. Siempre lo escuchaba con atención cuando hablaba. Le gustaría poder decir lo mismo. Él apenas recordaba nada de lo que le había contado mientras habían estado juntos.

–¿Qué me dices de ti? –preguntó él–. Sé que tienes esa exposición y Bianca me ha comentado que das clases una vez por semana.

Hadley se recostó en su asiento y volvió la cabeza para mirar por la ventanilla.

–Sí, doy clases los miércoles por la tarde y estaba pensando organizar unos talleres para niños.

Todavía no tengo claro qué quiero hacer en la tienda. Sigo trabajando para uno de mis mejores clientes de Manhattan, así que con eso cubro los gastos. Además, gracias a tus consejos, soy la propietaria del edificio en donde está la tienda y el *loft*. Nunca habría invertido en propiedades inmobiliarias si no hubiera sido por ti.

Mo dejó escapar una risotada.

–Cariño, no existe nadie en este mundo que pueda obligarte a hacer algo. La palabra «cabezota» fue inventada para ti.

Se volvió y la vio sonriendo.

–Estás acostumbrado a que las mujeres caigan rendidas ante tus encantos y te den todo lo que les pides. Yo soy… diferente.

Desde el principio, Hadley había sido muy diferente y le gustaba que lo retara. Eso le hacía mantener los pies en la tierra.

–Desde luego que lo eres –convino y giró hacia la entrada de las instalaciones de polo.

Se detuvo ante los establos y apagó el motor del coche.

–Voy a mandarle un mensaje a Diego para que sepa que estoy aquí, no vaya a ser que salte la alarma y venga.

–Buena idea. Te espero en la valla. Tenía muchas ganas de conocer las nuevas instalaciones.

Mauricio asintió y se bajó del coche después de ella. Luego, mandó el mensaje a su hermano, que le contestó diciéndole que lo pasara bien y que no se olvidara de cerrar antes de marcharse. Se dirigió hacia donde Hadley estaba apoyada en la valla. La brisa sacudía su melena, apartándosela de la cara.

No se la merecía, pero seguía deseándola más que a nada en el mundo. Siempre había sacado lo mejor de él y no se había dado cuenta hasta que la había perdido.

Sacó el teléfono, le hizo una foto y volvió a guardarlo. Se conocía lo suficientemente bien como para saber que volvería a estropearlo todo, y quería guardar un recuerdo de aquel momento en el que todo iba bien entre ellos y nada les afectaba.

Al oírlo acercarse, Hadley volvió la cabeza.

—¿Te han dado permiso o tendremos un problema con la ley?

—¿Cuándo has tenido que preocuparte de la policía?

—Nunca —contestó—. No me gusta hacer lo que no debo.

—¿Como qué?

—Como bailar contigo.

—*Touché.*

—Solo digo que me resultas peligroso. Cuando estoy contigo, me olvido de ser yo misma y de hacer las cosas que hago para llevar una vida tranquila, y… Lo estoy empeorando, ¿verdad?

—No, claro que no. Me gusta eso que estás diciendo, a menos que lo digas en sentido negativo. ¿Es así?

Ella se volvió y se apoyó los brazos en la valla.

—No. Por lo general, prefiero ser una buena chica, esa que conoce las normas de etiqueta y cómo comportarse en público. Pero contigo, también me gusta llegar al límite, olvidarme de todo y ser… diferente. Me gusta arriesgarme.

Quería que se arriesgara… con él. Había pensado mucho en ella desde que habían roto. Eran muy jóvenes cuando habían empezado a coquetear. Ambos provenían de buenas familias y todo el mundo pensaba que hacían buena pareja, pero nunca se había molestado en descubrir qué tenían en común más allá de su educación.

No estaba dispuesto a dejar escapar la oportunidad otra vez.

No había sido intención de Hadley mostrarse tan sincera con Mo, ni esa noche ni nunca. Había algo que la hacía sentirse vulnerable cuando escapaba de la sombra de su madre y se mostraba tal cual era. Nunca iba a sentirse completamente cómoda con eso. Pero con Mo, que la había visto en sus mejores y peores momentos, era como si no tuviera otra opción.

–¿Qué me dices de ti? ¿Te provoco algo?

–¿Además de ponerme caliente?

Hadley apartó la mirada. Otra vez se estaba refiriendo al físico. Había desnudado su alma y de lo único que él quería hablar era de aquella ardiente atracción que había entre ellos.

–Lo siento –dijo tomándola del brazo–. Supongo que me haces sentir vulnerable, como si no me atreviera a demostrar lo que siento y, en vez de comportarme como un adulto, vuelvo a ser aquel adolescente prendado de la chica más bonita de Cole´s Hill.

Aquello la conmovió. Aunque no estaba segura de si hablaba en serio, decidió seguirle la corriente.

–No soy la más bonita. Fíjate en Helena, que es muy guapa, o en tu hermana, que es una modelo.

–Para mí, lo eres. No veo en las demás mujeres lo que veo en ti. Tienes algo que me resulta simplemente… perfecto.

–Entonces, ¿por qué estaba Marnie en tu habitación?

–Te echaba de menos y no sabía si volverías. Recuerda que te envié un mensaje y nunca me contestaste.

–Cierto, tenía miedo de que pasáramos el resto de nuestras vidas rompiendo y reconciliándonos. Pero estaba en Cole´s Hill y sentí la necesidad de verte. Sé que parte de lo que pasó fue culpa mía y…

–No, fui yo. Sentía algo por ti entonces y aún lo siento. No debería haberme acostado con otra.

Una suave brisa nocturna los envolvió y Hadley echó la cabeza hacia atrás para observar la luna y la seriedad de sus ojos.

–¿Lo dices de verdad?

–Sí –respondió él.

Mauricio deslizó la mano por su brazo, poniéndole la carne de gallina. Luego entrelazó sus dedos y se dirigieron al picadero.

–¿Recuerdas cuando empezamos a salir y siempre te estaba mirando?

–Claro. Creo que te dije algo así como: deja de mirarme, vicioso.

–Así fue –le confirmó Mo–. Creo que en el fondo no acababa de creerme que fueras mía, que me hubieras elegido a mí entre los demás. Te observaba para asegurarme de que no tenías dudas, y estoy seguro de que fue ahí donde empezaron nuestros problemas. Nunca sentí que fuera suficiente para ti.

Hadley se detuvo y lo miró.

—Mauricio Velasquez, empresario multimillonario e hijo de una de las cinco prestigiosas familias fundadoras del pueblo... Eras más que suficiente. Puedes llegar a ser muy intenso.

—Deberíamos haber hablado antes de esto, ¿no te parece? —dijo soltándola de la mano.

—Probablemente, pero no estábamos preparados para hacerlo. En mi cabeza tenía una imagen concreta del tipo de pareja que quería que fuéramos y tú tenías la tuya. Además, ambos somos muy competitivos. Creo que apenas tuvimos comunicación cuando estuvimos juntos.

Mauricio se volvió y echó a andar. Hadley se apresuró para seguirle el paso y se dirigieron a los establos en donde estaban los caballos. Mo introdujo un código y luego le sostuvo la puerta para que pasara. Algo de lo que le había dicho lo había molestado y deseó saber de qué se trataba al pasar a su lado para encender la luz. Nunca iban a ser una pareja tan bien avenida como Helena y Malcolm o su hermana Bianca y su marido.

—Escucha, siento si te he dicho algo que te haya molestado.

—Déjalo, soy un hombre, no un mequetrefe que se molesta por nada.

—Entonces, ¿qué te pasa?

—Estoy cabreado, cariño, pero no contigo, sino conmigo por considerarme digno de ti y pensar que podíamos reconstruir nuestra relación.

Era evidente que tenían que hablar. No estaba segura de hasta dónde quería llegar. Pero no le cabía ninguna duda de que al menos quería su amistad.

Se acercó a uno de los establos desde el que se había asomado un caballo y le ofreció su mano para que la oliera. Luego, lo acarició.

—No sé qué está pasando entre nosotros —dijo con voz suave para no asustar al caballo—. Hoy me he dado cuenta de que vamos a tener que ser amigos. Luego, mientras charlábamos durante la cena, me he divertido mucho y espero que sea el comienzo de una nueva fase.

Se volvió para mirarlo. Estaba en el centro del pasillo, con los brazos en jarras, observándola. Quería confiar en él. Bajo aquella luz, su pelo se veía más oscuro de lo que era en realidad y deseo acariciarlo como estaba acariciando al caballo.

—Si estoy embarazada, tendremos que tomar decisiones que en otras circunstancias ni siquiera nos habríamos planteado. Pero aunque no lo esté, quiero que seamos amigos.

Él también lo quería, pero sentía que la estaba defraudando. No se le daba bien hablar de sentimientos, y las emociones que más le asaltaban eran la ira y la pasión. Pero sabía que con Hadley, la amistad no iba a ser suficiente.

Había una razón por la que cada vez que lo intentaban, rompían. Hadley tenía razón cuando decía que el bebé, si al final iban a tener uno, complicaría las cosas.

–Yo también lo quiero. No voy a fingir que no quiero acostarme contigo y que no dejo de pensar en lo de anoche cada vez que te miro. Soy consciente de que ninguno de los dos quiere complicarse así la vida, pero eso no significa que no te desee.

Ella le sonrió. Era la sonrisa más dulce que le había visto en mucho tiempo, como la que le había visto la noche anterior al quedarse dormida en sus brazos. Era como si estuviera haciendo lo correcto. Pero ¿qué demonios era lo correcto?

–Yo también te deseo, pero creo que eso es lo que se ha interpuesto entre nosotros a lo largo de los años. Nos resulta más fácil caer en brazos del otro que hablar –dijo Hadley–. Pero si estás de acuerdo conmigo, creo que deberíamos intentar ser amigos independientemente de cuál sea el resultado de la prueba.

–¿Significa eso que solo quieres que seamos amigos? ¿O acaso estás diciendo que si somos amigos primero, seremos mejores como pareja si decidimos estar juntos?

–Más bien lo segundo. Yo también te deseo, Mo, de eso nunca ha habido duda. Solo quiero que nos acostumbremos a vivir en el mismo pueblo y, si tenemos un hijo al que criar, sepamos cómo hacerlo. Eso tiene que ser lo primero.

Lo que decía tenía sentido. Aunque estaba deseando volver a tenerla entre sus brazos otra vez, podía esperar si eso significaba que estaba vez, lo suyo podía durar.

Estaba llegando a una edad en el que las relaciones pasajeras no le atraían. Quizá fuera por el hecho de que su hermano se había casado y cada vez pasaba más tiempo con su sobrino. De lo que estaba seguro era de que en esa fase de su vida, quería algo más serio. Su padre siempre había dicho que a los treinta, llegaba la hora de madurar.

—De acuerdo, seamos amigos.

—Muy bien. ¿Y qué tenemos que hacer ahora? —preguntó ella.

—No me preguntes a mí, todavía estoy pensando en cómo evitar besarte. Me muero por tenerte entre mis brazos.

—Déjalo ya. Tampoco yo me lo quito de la cabeza.

—Bien —dijo y le guiñó un ojo—. ¿Quieres que demos una vuelta o prefieres que te lleve a casa?

—Prefiero irme a casa —contestó tras unos segundos—. Pero quiero volver otro día y que me enseñes las instalaciones. ¿Cuándo es el próximo partido?

—Dentro de dos semanas. Tenemos un torneo benéfico contra Bartolomé y su equipo. Es un partido amistoso, pero ya sabes que no nos gusta perder.

—¿Cuándo tú y tus hermanos habéis hecho deporte solo por diversión?

—Nunca. Elegimos una fecha cuando Iñigo no tuviera carreras y pudiera venir a casa a jugar con nosotros. No le permiten hacer nada peligroso, por eso decimos que se trata de un partido amistoso —explicó y se encogió de hombros—. Ya sabes cuánto nos gusta saltarnos las reglas.

—Lo sé, Mo, créeme. Por alguna razón, es una de las cosas que me gustan de ti.

—Nunca haría nada para poner a alguien en peligro —dijo y la condujo fuera de los establos.

Volvieron en silencio al coche y, cuando le sostuvo la puerta abierta y pasó a su lado, se detuvo. Contuvo la respiración y sintió un escalofrío de puro deseo. Antes de que pudiera evitarlo, él se inclinó y rozó sus labios con los suyos. Hadley tomó su rostro entre las manos y le devolvió el beso antes de separarse y meterse en el coche.

Mauricio cerró la puerta y rodeó el coche, respirando hondo para centrarse. ¿Cómo iba a soportar ser solo amigos? No había ni un solo instante en que teniéndola cerca, no quisiera besarla, rodearla con sus brazos y no dejarla marchar.

Pero tenía que evitarlo. Si quería que se quedara para siempre en Cole´s Hill, tenía que descubrir cómo hacerlo.

¿Quería que se quedara para siempre? Estaba bastante seguro de que sí.

Se metió en el coche. Cuando encendió el motor, Hadley buscó en la radio una emisora con música *country*. La música les acompañó en el camino de vuelta y prácticamente había conseguido olvidar lo mucho que la deseaba cuando sonó la canción *Like a wrecking ball* de Eric Church.

Casi había pensado que a Hadley no le afectaba cuando la vio apretar el botón para cambiar de emisora. El daño ya estaba hecho. Recordó cómo había bailado con él la noche anterior en el Bull Pit, tan cerca, que había sentido cada centímetro de su cuerpo.

Cuando por fin detuvo el coche delante de su *loft*, Hadley se volvió para mirarlo.

–Gracias por una noche tan agradable –dijo y salió del coche antes de que pudiera contestar nada.

Capítulo Nueve

El sonido del teléfono y unos golpes en la puerta la despertaron. Gruñendo, rodó a un lado y miró la hora en el reloj. Eran las ocho de la mañana. No había dormido bien, soñando con Mauricio y arrepintiéndose de no haber dejado que aquel beso fuera más lejos.

Ante los insistentes golpes en la puerta, tomó el teléfono y se levantó de la cama. La camiseta y los pantalones cortos que llevaba eran lo suficientemente recatados para abrir a quien estuviera llamando.

Miró el teléfono y vio que su hermana le había mandado mensajes. Al mirar por la mirilla, recordó que era martes.

Había quedado en la oficina de Kinley con su madre y Helena para ayudarlas a elegir las flores. Hadley había hecho unos bocetos y se los había enviado a Kinley, que había pedido que les hicieran unas muestras.

Abrió la puerta y se echó hacia atrás para evitar que su madre se la llevara por delante al entrar en su apartamento. Se dirigió directamente a la cama, oculta tras unos biombos, mientras Hadley se dispuso a preparar café. Tenía la sensación de que iba a necesitar diez tazas para soportar a su madre aquella mañana.

–No me vengas con excusas. Pensé que te habías muerto –dijo Candace, dejando su bolso de marca junto a la puerta antes de acercarse a la isla de la cocina.

–Me acosté tarde trabajando en un proyecto para una empresa de Nueva York y no he oído la alarma. Lo siento –se disculpó y se acercó a su madre para darle un abrazo.

–Pensé que te había pasado algo. Nunca llegas tarde y no contestabas el teléfono.

Le dio un beso a su hija en la sien, y enseguida se apartó y se recompuso el moño.

No se le había pasado por la cabeza que su madre se hubiera asustado al ver que no había aparecido en la reunión. Al fin y al cabo, ella era la hija responsable, la que nunca decía que no y con la que siempre se podía contar.

–Lo siento –repitió–. ¿Qué esperabas ver en el dormitorio?

–Mavis Crandall te vio anoche con Mo y quería comprobar si él era la razón por la que se te había hecho tarde.

–No. Estamos intentando dejar atrás nuestra ruptura y ser amigos –dijo Hadley y sacó dos tazas de un armario–. ¿Quieres café?

–No puedo, ya me he tomado uno hoy. Pero me tomaría un zumo si tienes.

–Sí, siéntate y enseguida te lo traigo –dijo Hadley–. ¿Has retrasado la hora de la reunión con Kinley?

–Lo he intentado, pero Kinley no tiene un hueco hasta el jueves –contestó su madre.

Por su tono, era evidente que le había molestado que Kinley no cancelara alguna de sus reuniones con otras clientas.

A Hadley no le sorprendía. Kinley estaba acostumbrada a tratar con los caprichos de las futuras novias, al lado de las cuales su madre era una santa.

—¿Qué te parece si te invito a comer para compensarte?

—Buena idea. Le mandaré un mensaje a Helena por si quiere acompañarnos —dijo Candace.

—Tal vez tenga que trabajar, mamá.

—Tonterías, es su propia jefa y puede tomarse un descanso para venir a comer con nosotras. Llamaré al club para reservar la mesa que me gusta junto a la ventana. Vamos a pasarlo muy bien.

Hadley le sirvió el zumo a su madre y luego se llevó su taza de café al dormitorio para acabar de arreglarse.

Después de ducharse, se vistió y se maquilló lo suficiente como para disimular la mala noche de sueño. Al volver con su madre, la encontró poniendo orden por su casa con total naturalidad.

—Creo que ya va siendo hora de que hagas algunos cambios. Sé que cuando te fuiste de casa de Mauricio no te molestaste en comprar muebles, pero ahora que parece que vas a quedarte, deberíamos ir a buscar unos bonitos.

Su madre tenía razón. Independientemente de lo que pasara entre Mauricio y ella, tenía que convertir aquel sitio en su hogar. Se había ido a vivir allí de manera temporal después de volver de Nueva York, no muy segura de qué sería lo siguiente que haría.

–Tal vez debería darme una vuelta por los anticuarios –dijo Hadley.

–Llamaré a mis contactos para que me aconsejen. No hay nada que me guste más que comprar para mis hijas.

Hadley sonrió mientras recogían sus bolsos y salían del apartamento. Había estado ocupada pensando en cómo un bebé podría cambiar su vida y la de Mo, y no se había parado a considerar lo que significaría convertirse en madre.

Siguió al Audi de su madre por el pueblo hasta llegar al club de campo. Su mente estaba puesta en el bebé. ¿Y si de verdad estaba embarazada?

Por primera vez pensó que tal vez estar embarazada no era lo peor del mundo. Habría preferido que Mauricio y ella estuvieran más unidos, pero lo estaban intentando remediar. Tener un hijo, alguien a quien considerar suyo… Nunca hasta ese momento se había parado a considerar que era algo que echara en falta.

Comer con su madre y hermana era lo último que a Helena le apetecía. El comportamiento de Malcolm era cada vez más imprevisible e iba a ser imposible que no se dieran cuenta de que estaba inquieta. Podría achacarlo a los nervios de la boda. Sí, esa sería la excusa que pondría si alguna de ellas le preguntaba.

Se aplicó antiojeras y un poco de colorete en las mejillas para mejorar su aspecto, pero al mirar su reflejo en el espejo, se dio cuenta de que no había conseguido disimular su preocupación.

Su madre y su hermana estaban ya en el club. No habían dejado de mandarle mensajes en los últimos minutos preguntándole dónde estaba. Le había pedido a su secretaria que le mandara un mensaje en media hora diciéndole que había surgido un imprevisto y que tendría que marcharse.

—Así que no te habías muerto —le dijo Hadley cuando vio a su hermana llegar a la mesa que siempre pedían.

—Claro que no.

—Te lo dije, mamá.

—Hijas, no tenéis ni idea de lo que es ser madre. Cuando os llamo y no obtengo respuesta, mi cabeza empieza a hacer una lista de lo que os ha podido pasar, desde un secuestro hasta un accidente.

Helena alargó la mano y apretó la de su madre.

—Sabemos que te preocupas, pero no olvides de que somos tus hijas y si alguien quiere hacernos daño, tendrá que vérselas con nosotras.

—Lo sé, pero eso no evita que me preocupe —dijo su madre—. Hadley me estaba contando que tiene que ir a Houston la semana que viene para reunirse con un nuevo cliente y le he pedido que se pase por la floristería para preguntarle a Manuel cuáles son las flores más adecuadas para una boda en diciembre.

—Gracias, hermanita.

Tenía que quedar a solas con Hadley para ver qué tal llevaba todo aquel asunto del posible embarazo.

—De nada. Estoy segura de que Kinley también tendrá buenas ideas —afirmó Hadley.

–Si hubiera sacado hueco para habernos recibido hoy, lo habríamos sabido –comentó Candace.

Helena contuvo la risa. Su madre se desesperaba cuando no se cumplían sus exigencias. Su padre siempre decía que era culpa suya por haberla tratado como a una princesa desde el principio. Pero no estaba de acuerdo. Era una mujer de armas tomar que siempre exigía la excelencia.

–Tiene más clientes, mamá. Todo saldrá bien.

–Claro que sí. Además, ha sido culpa nuestra que no hayamos podido reunirnos –convino Candace–. Bueno, ahora contadme qué tal os va. Cuánto me alegro de que hayamos quedado para ponernos al día.

–Bueno, tuve que ajustar mi agenda de esta mañana –dijo Helena–. Al parecer, mi hermana estaba en peligro de muerte, pero ya está todo bien.

–Tienes el mismo sentido del humor retorcido que tu padre, Helena. No es tan divertido como os parece.

Candace puso los ojos en blanco y dio un sorbo a su agua con gas.

–Esa es una opinión. ¿Tú que piensas, Hadley?

–Voy a tener que darle la razón a mamá. Es divertido que hagas bromas de otras personas, pero cuando me las haces a mí, no me gusta tanto.

–Intentaré recordarlo. Por cierto, ¿qué estabas haciendo anoche? –preguntó Helena justo cuando el camarero le ponía delante su ensalada de aguacate–. ¿Volviste a salir con Mo?

–Ya sabes que sí. Estamos intentando ser amigos –respondió Hadley, bajando la vista al plato.

Helena se sintió mal por sacarlo a colación.

–¿Y cómo va? –preguntó Candace.

–Bueno, estamos intentando ir poco a poco. Le he invitado a la exposición que he organizado la semana que viene y él me ha pedido que vaya al partido de polo en el que va a jugar. Me ha pedido disculpas por su desliz con aquella mujer. Creo que quiere demostrarme que ha cambiado.

–Las relaciones hay que trabajárselas, pero asegúrate de que lo hacéis los dos.

–Sí, es cosa de dos. No voy a enamorarme de él solo porque diga que las cosas son diferentes.

–Me alegro de oír eso –dijo Helena.

–Parece que habéis comenzado con buen pie –intervino Candace.

A Helena le dio la impresión de que su hermana estaba jugando un juego peligroso. Nadie mejor que ella sabía lo difícil que era tratar con un hombre cuando había algunos aspectos que se le escapaban. En su caso, era aquello que ocultaba Malcolm; en el de Hadley, tal vez un bebé.

–Gracias, mamá, yo también lo creo –dijo Hadley–. Helena, ¿vais a ir el sábado Malcolm y tú a la fiesta de Bianca por el nacimiento de su futuro bebé?

–Esa es nuestra intención.

No sabía si podía contar con su prometido. Tenía que conseguir que le contara qué demonios le estaba pasando, aunque no estaba segura de querer saberlo por miedo a que hubiera cambiado de opinión y no quisiera casarse con ella.

Claro que tampoco quería que la plantara en el altar. Estaba inquieta por no saber a qué estaba dedicando tanto tiempo y dinero, y antes o después iba a tener que preguntarle.

–Bien. Iba a mandar un regalo, pero si vas a ir, creo que yo también iré.

Siguieron charlando y, a pesar de su sonrisa, Helena se sentía triste. Estaba deseando comenzar una nueva vida con el hombre al que amaba, en vez de seguir tratando de averiguar qué era lo que le estaba pasando.

Aquella noche, cuando Mauricio llegó a casa después de trabajar, Alec le estaba esperando en su apartamento, tirado en el sofá viendo televisión. Su hermano gemelo parecía agobiado y fuera de sí. Mauricio se aflojó la corbata al entrar en el salón.

–Espero que no te importe que haya venido –dijo Alec–. Te habría llamado antes, pero he venido directamente del aeropuerto.

–No importa –replicó Mo–. ¿Qué pasa?

–Hoy se da a conocer el último lanzamiento.

Alec era un genio informático que escribía códigos de todo lo imaginable. Su casa estaba completamente automatizada. Pero cada vez que su compañía hacía un nuevo lanzamiento, Alec, que normalmente se mostraba muy seguro de sí mismo, se ponía nervioso.

–¿Qué te apetece, un tequila o una cerveza?

–Me tomaría un tequila –contestó Alec–. Pero he prometido hacerme cargo de Benito para que Bianca y Derek puedan ir a la clase de preparación para el parto.

Su hermano no paró de cambiar de canal hasta que por fin encontró uno que mostraba la clasificación de la Fórmula Uno. Alec subió el volumen y ambos prestaron atención. Íñigo ocupaba el quinto puesto, algo que no era de extrañar, teniendo en cuenta que llevaba conduciendo desde que era adolescente.

Cuando acabaron de dar la clasificación, Alec bajó el volumen. Necesitaba distraerse o no dejaría de pensar en su último lanzamiento, que estaba a punto de darse a conocer a las cuatro de la tarde en la costa oeste.

—Venga, recojamos a Beni y vayamos a jugar al polo. Mándale un mensaje a Diego y dile que se encuentre con nosotros allí. Yo conduciré —dijo Mauricio.

—No sé si estoy en condiciones de...

—No, no lo estás, así que sugiero que juegues en el equipo de Diego.

Nunca habían sido de esa clase de gemelos que compartían emociones, pero había mucha empatía entre ellos. Ambos sabían cuándo algo le preocupaba al otro.

—De acuerdo, tienes razón. Quedarme aquí sentado no va a servir para nada. Me pregunto cómo lo has sabido. Nunca has sido demasiado intuitivo.

Se encogió de hombros. ¿Qué podía decir? A él también le vendría bien distraerse. Necesitaba mantenerse ocupado hasta que Hadley le dijera si estaba embarazada o no. Entonces, se dio cuenta de que no se lo había contado a nadie.

—¿De qué se trata? —preguntó Alec—. He vuelto a tener unos sueños muy extraños.

Siempre había habido una conexión especial entre ellos a través de los sueños. Ninguno de los dos había hablado de ello con sus otros hermanos.

–Puede que Hadley esté embarazada. No lo sabremos con seguridad hasta que pueda hacerse la prueba.

–Vaya, eso no me lo esperaba. ¿Tengo que darte una charla sobre anticonceptivos? Creía que papá lo había dejado bien claro cuando decía que a nadie le gusta usar un preservativo, pero que siempre hay que hacerlo.

Mauricio se metió las manos en los bolsillos y sacudió la cabeza.

–No es eso. Se me rompió.

–Qué mala suerte.

–Exacto. Además, ahora mismo no somos pareja, por lo que el momento no es el más apropiado. ¿Por qué siempre me pasan estas cosas con Hadley?

Alex se quedó observándolo unos minutos.

–Nunca me has hablado de vuestra ruptura. Bueno, sé que te pilló con Marnie, pero no sé si eso te afectó. Nunca entendí por qué rompisteis.

–Te lo contaré mientras vamos a recoger a Benito. Como lleguemos tarde, Bianca se enfadará mucho.

–Cierto –dijo Alec–. Yo conduciré. Tengo el prototipo de un coche de carreras eléctrico del que he diseñado el motor.

–¿Ese coche es tuyo? Lo he visto en el garaje. Me gusta.

–A mí también. Van a empezar a fabricarlo en otoño. ¿Quieres que te reserve uno?

–Por supuesto.

Tomaron el ascensor privado hasta el garaje y Alec se sentó al volante. Durante unos minutos escucharon la radio y Mauricio pensó que su hermano se había olvidado de la conversación.

–¿Qué pasó con ella? –preguntó Alec.

Mauricio respiró hondo.

–Me gustaría decir que no lo sé, pero lo cierto es que me di cuenta de que no le prestaba atención. Ya conoces a Hadley. Siempre está de buen humor, es muy atenta, tiene un buen trabajo y había convertido nuestra casa en un hogar muy cómodo. Pero se cansó de pedirme que me implicara en la pareja y me dijo que necesitábamos tomarnos un tiempo. En vez de tomármelo como una advertencia, pensé que era una oportunidad para volver a estar libre hasta que entrara en razón y volviera conmigo.

–Vaya. Siempre he sabido que yo era el más listo, pero nunca pensé que fueras tan tonto –dijo Alec.

–Lo sé, y me odio por ello –admitió Mo–. Pero ya me conoces. Siempre me he creído un regalo del cielo.

–Estás siendo muy duro contigo mismo. Estoy seguro de que hay algo más de lo que me has contado, pero ahora que sabes lo que ha ido mal, puedes arreglarlo –dijo Alec–. Confía en ti, Mo. Te conozco y siempre te has adaptado cuando has tenido que hacerlo. Si quieres volver con Hadley, encontrarás la manera.

Eso esperaba, porque al decir en voz alta lo que había ido mal, se dio cuenta de que no era el mismo hombre al que Hadley había dejado año y medio antes. Había cambiado. No había nada más importante que volver a tener a Hadley en su vida.

Capítulo Diez

Hadley volvió de Houston más tarde de lo que esperaba debido al tráfico. Se había desviado hasta uno de los mayores centros comerciales de las afueras. Al menos, había comprado la prueba y ya no tenía sentido seguir retrasándola. En cualquier momento podía hacérsela y conocer el resultado. Pero Mauricio quería estar con ella cuando se la hiciera. Tomó el teléfono y le envió un mensaje.

Estoy de vuelta de Houston. ¿Sigues queriendo venir a mi casa cuando me haga la prueba?

Mauricio contestó al instante.

Sí. Llegaré pasadas las nueve.

Muy bien, mándame un mensaje cuando estés de camino.

Dejó la prueba en la encimera del baño y se apartó. Eran las seis. Eso significaba que tenía tres horas por delante. No podía contar con Helena puesto que había decidido quedarse trabajando hasta tarde después de que su madre la hubiera tenido entretenida casi todo el día.

Envió un mensaje a Zuri y a Josie para ver si alguna de ellas se animaba a salir a cenar o a ir al gimnasio.

Josie contestó la primera.

Prefiero quedar para cenar. Tenemos que hablar.

Luego contestó Zuri.

¿Al gimnasio? ¿A quién pretendes engañar? No somos de gimnasios.

Hadley soltó una carcajada mientras escribía la respuesta.

Era tan solo una sugerencia. ¿Dónde queréis ir a cenar? Puedo hacer una reserva en Hinckleman.

A sus amigas les gustó la idea de ir a comer a aquel restaurante, así que le mandó un mensaje al chef, amigo suyo, para que les reservara una mesa. Luego se retocó el maquillaje y se fue. Cuando llegó, Josie ya estaba esperando sentada.

–¿Qué pasa? –preguntó después de intercambiar saludos.

–Zuri dijo que la esperáramos. Me matará si te cuento algo sin estar ella presente.

–No lo dudes –intervino Zuri, apareciendo por detrás y sentándose en un taburete al lado de Hadley–. Ahora, suéltalo todo. Supongo que será algo de Manu.

Hadley también pensaba que se trataba de algo del entrenador de fútbol. De las tres, Josie era la más prudente con los hombres. Según su madre, se debía a lo mucho que leía Josie. Eso hacía que pusiera el nivel muy alto.

–Así es. Me ha pedido que lo acompañe a una cena en la que se entregará un premio a su equipo –explicó Josie.

–Solo hay una respuesta a esa pregunta, y es que sí –dijo Zuri.

–No estoy tan segura. Ya sabéis qué aspecto tienen las mujeres y novias de los jugadores, y creo que no encajo en ese modelo.

La camarera se acercó y les tomó la comanda. Cuando se marchó, Josie no dijo nada.

–¿Tú qué quieres? –preguntó Hadley.

Se alegraba de tener tan buenas amigas. Mientras había estado viviendo en Manhattan, había perdido el contacto con ellas y al volver, después de todo lo que había pasado con Mauricio, no había querido molestarlas con sus problemas. Pero enseguida la llamaron cuando se enteraron que había vuelto a la ciudad. Eso le había hecho darse cuenta de lo afortunada que era por tener aquellas amigas.

–Creo que quiero ir –contestó Josie–. Es una noche importante para él y me gustaría estar a su lado para celebrarlo, pero no quiero que me compare con otras mujeres y…

–¿Y qué? –preguntó Zuri–. Espero que no estés diciendo que temes que se eche atrás. Sería un insulto para él y para ti.

–¿Crees que no lo sé? Me siento como una estúpida solo de pensar que no encaje en ese grupo. Sé que Ferrin estará allí, y es muy dulce y encantadora.

Ferrin Caruthers era la esposa de Hunter Caruthers, exjugador de la liga de fútbol y cuñado de Mo. Hunter y Manu habían sido compañeros de equipo.

–Entonces, el problema no es quién va a estar allí, ¿verdad? –preguntó Hadley–. Eres tú. Temes estar dando un paso más en vuestra relación si lo acompañas.

Josie se mordió el labio inferior.

–Creo que tienes razón. Estamos siendo muy

discretos en la universidad y tampoco es que esté prohibido que los profesores se relacionen. Pero ¿y si no funciona?

–¿Y si sí? –intervino Zuri–. Eres una de las personas más sensatas que conozco. Tienes muy claro lo que quieres y sabes cómo conseguirlo.

–¿Ah, sí?

Hadley sabía muy bien cómo se sentía su amiga. Cuando había sentimientos de por medio, era difícil tener la seguridad de que se estaba tomando la decisión correcta.

–Desde luego. Nos conocemos desde niñas. Creo que tienes miedo al compromiso y a poner en peligro tu corazón.

Las cosas siempre parecían más fáciles desde fuera y por eso estaba reticente a hacerse la prueba de embarazo. No se había dado cuenta hasta esa mañana. Su resultado afectaría su relación con Mauricio en un sentido u otro, y no estaba segura de estar preparada.

–Estoy de acuerdo –dijo Zuri–. ¿Desde cuándo se ha vuelto Hadley tan lista?

–Desde que le rompieron el corazón –replicó Josie–. Sabiduría unida a experiencia.

–Por eso mismo tenéis que aprender de mis errores –dijo, aunque no estaba muy segura de si lo suyo con Mauricio podía calificarse de error.

–Por supuesto. Aunque no creo que todo haya sido tan malo –observó Zuri–. Quiero decir, que ahora parece que las cosas empiezan a funcionar entre vosotros, ¿no?

–Tal vez –dijo Hadley, aunque quería esperar a ver qué pasaba esa noche antes de dar más detalles a sus amigas–. Bueno, Josie, ¿qué dices? ¿Vas a ir a la entrega de premios de esta noche?

La camarera les trajo el vino y unos aperitivos antes de que Josie contestara.

–Sí, creo que voy a ir.

Después de que Alec lo dejara en su ático, Mauricio estuvo a punto de mandarle un mensaje a Hadley diciendo que se había hecho tarde para ir a su casa. Pero esa no era una opción.

El lanzamiento de Alec había ido muy bien y habían acabado en casa de sus padres celebrando las buenas noticias. Hacía tiempo que no se sentía tan bien. La ruptura con Hadley había alterado los cimientos de su vida. Durante una temporada, había estado a la deriva, aunque había seguido manteniendo su empresa en lo más alto del negocio inmobiliario. Entonces, en otoño, había sucumbido a la ira y los celos al ver que Hadley pasaba página.

Pero esa noche empezaba a vislumbrar su futuro, independientemente de que Hadley estuviera embarazada. Y eso le hacía estar contento, una sensación de la que hacía tiempo que no disfrutaba.

Había aparcado junto a las tiendas que había en la entrada del edificio de Hadley. Estaba sentado en su Bugatti, con el motor encendido, a punto de mandarle un mensaje, cuando su teléfono vibró.

¿Cuándo vas a venir?

Estoy aquí. Iba a mandarte un mensaje.

Sube. Te abriré la puerta.

Salió del coche y se dirigió a la puerta de seguridad que Alec había diseñado. Tenía una cámara y un intercomunicador para las visitas, y un escáner de retina para los residentes para el caso de que olvidaran la llave.

Nada más acercarse, la puerta emitió un pitido y se abrió, lo cual significaba que lo estaba viendo por la cámara.

Tomó el ascensor y subió a las plantas residenciales. Solo había seis *lofts* en el edificio. Confiaba en poder construir otro similar en el terreno contiguo. Hadley era la propietaria, así que tal vez sería un proyecto en el que trabajar juntos.

Al llegar ante su puerta, llamó con los nudillos. Ella abrió y se hizo a un lado para dejarlo pasar. Enseguida se dio cuenta de que estaba de un humor extraño, lo cual era lógico. No estaba seguro de cuál quería que fuera el resultado de la prueba.

—¿Cómo te ha ido el día? —preguntó, tratando de mostrarse relajado.

—Bien. Me quedé dormida y no oí la alarma. Mi madre pensó que me había pasado algo y me despertaron sus golpes en la puerta. Pero por lo demás, todo bien.

—Las madres siempre se imaginan lo peor —dijo sonriendo—. Aunque seguramente a mí me pasaría lo mismo si no diera contigo. Eres una persona muy responsable.

—Sí, esa soy yo. Responsable.

Había una nota triste en su voz.

—No pasa nada por ser responsable. Me gusta eso de ti, aunque cuando estuvimos juntos no le di importancia. Como si por ser tan formal, no tuviera que serlo yo. No sabes cuánto lo siento.

Hadley se dirigió a la zona de estar y se sentó

en un sillón. Mauricio tomó asiento en el sofá. El apartamento era un batiburrillo de muebles. Resultaba agradable, pero no se correspondía con el gusto ecléctico de Hadley.

–Gracias por disculparte –dijo ella después de unos segundos–. Creo que estaba empeñada en dar la imagen de pareja perfecta y, sin darme cuenta, nos forcé a hacer cosas que no tenían que ver con nosotros.

Mauricio no supo qué decir y se limitó a asentir.

–Y bien…

–Creo que iré a hacerme la prueba.

–¿Prefieres que hablemos antes?

–No lo sé. ¿Sabes? Las probabilidades de que esté embarazada son escasas.

–Sí, pero eso no ha impedido que me imagine teniendo un hijo contigo –admitió.

–¿Y qué piensas?

–Que nunca parece que sea el momento adecuado para nosotros. No quiero que nada complique esto nuevo que hay entre nosotros.

–Yo tampoco.

–Así que, pase lo que pase, no quiero que llevemos vidas separadas.

–De acuerdo, no lo haremos.

–Voy a hacerme la prueba. En cuanto acabe, te avisaré.

Hadley se levantó y él hizo lo mismo. Luego la tomó de la mano, la atrajo entre sus brazos y la besó lentamente, recreándose en aquel instante que no volverían a tener nunca más.

Ella le devolvió el beso y hundió las manos en

su pelo, estrechándose contra él. Después, se apartó lentamente.

Mauricio la observó marcharse hacia el biombo que ocultaba el dormitorio y el cuarto de baño. Tras unos segundos la siguió y se sentó en la cama, sintiéndose más incómodo que antes. Al menos, la última vez que habían pensado que estaba embarazada, vivían juntos y soñaban con un futuro en común.

Esta vez era muy diferente. No tenía sentido pensar que esta vez su relación podía funcionar cuando no lo había hecho anteriormente.

Se quedó mirando fijamente el resultado negativo. Una mezcla de alivio y tristeza la invadió. Era una sensación agridulce, como muchas de las cosas que vivía con Mauricio.

Cuando abrió la puerta del cuarto de baño, él la miró a la cara y se puso de pie antes de acercarse a ella.

–¿No?

Hadley sacudió la cabeza, conteniendo las lágrimas. Ni que hubiera deseado estar embarazada.

–Vaya –dijo Mo–. Pensé que me sentiría más aliviado.

Ella tampoco estaba segura de lo que sentía. Mauricio la abrazó con fuerza y se dio cuenta de que podía contar con él, lo cual era una sensación nueva. Habían compartido muchas cosas, pero aquella era la prueba de lo mucho que había cambiado.

—Es evidente que esto es lo mejor —dijo Mo, aunque no estaba del todo convencido.

Era como si se les escapara la oportunidad de volver a estar juntos, no para ser solo amigos como ella había sugerido, sino para ser pareja.

Mauricio dio un paso atrás. Con Hadley, nunca estaba seguro de nada. Quizá fuera por eso por lo que su relación había tenido tantos altibajos.

—Voy a ser franco, Hadley.

Ella lo miró con aquella expresión que lo desconcertaba.

—Adelante.

—Me siento decepcionado porque si hubieras estado embarazada habría tenido un motivo para llamarte y estar contigo, y no habríamos necesitado una excusa para estar juntos. Quiero empezar de nuevo. Sé que lo estropeé todo y…

—No fuiste el único.

—Sea como sea, quiero una segunda oportunidad, y no para ser solamente amigos.

Ella no dijo nada, simplemente se quedó inmóvil, rodeándose con los brazos. Parecía perdida y confundida.

Una vez más, quizá no fuera el momento oportuno. ¿Debería haber guardado silencio? Pero entonces ¿qué? Nunca había sido sutil. Siempre había sido directo y muy rápido para decir lo que tenía en mente.

—Lo siento si no era eso lo que querías oír, pero estoy harto de fingir que no te deseo. Lo estaba haciendo bien hasta que nos acostamos. Esa noche me hizo darme cuenta de que lo importante eres tú.

Ella asintió.

–Deja de mover la cabeza y habla, dime que me vaya al infierno o que necesitas tiempo para pensar o que sientes alivio de no estar…

Hadley acortó la distancia que los separaba y le puso un dedo en los labios para que no siguiera hablando.

–Estoy triste porque un bebé habría sido algo especial, aunque nunca hubiéramos sabido cómo hacer funcionar nuestra relación. Me siento confundida porque una parte de mí quiere lo mismo que tú, pero otra no está segura de que podamos hacerlo. Y como me siento triste, estoy más insegura.

Mauricio le besó la mano antes de tirar de ella hacia la cama. Luego se sentó al borde y la hizo colocarse sobre su regazo. La abrazó con fuerza y, por un momento, lo vio todo claro.

Su mundo se reducía a Hadley y a él. Eso era todo lo que necesitaba en aquel momento. Tal vez eso cambiara, pero en ese instante lo único que le preocupaba era ella.

Era lo suficientemente realista como para darse cuenta de que aquel instante no iba a durar para siempre, y con tenerla entre sus brazos le bastaba.

El nudo que sentía cada vez que estaba con Hadley se aflojó. Se limitó a estrecharla con fuerza y a acariciarle la espalda de arriba abajo. Ella apoyó la cabeza en su pecho y Mauricio supo que aquello era lo que quería.

Quería darle lo que ella tanto necesitaba porque sentía que aquel vacío en su interior comenzaba a llenarse.

Al rato se tumbaron en la cama. Cuando se acurrucó a su lado, se sintió cansada. Mauricio puso música en él teléfono y la abrazó con fuerza hasta que se durmió.

Mientras la contemplaba se dio cuenta de que lo mejor que podía haberles pasado era que Hadley no estuviera embarazada. Así tendrían la oportunidad de que las cosas empezaran mejor esta vez.

Podía mostrarse delicado. Sería difícil, pero lo haría.

Por ella.

Y por él. Había llegado el momento de madurar y convertirse en adulto.

Capítulo Once

Una semana más tarde, Hadley entró en la oficina de la planificadora de bodas quince minutos antes de la hora acordada con su madre y Kinley. Quería disculparse con Kinley por el comportamiento de su madre y charlar un rato con ella antes de meterse en faena.

–¿Hola?

La puerta estaba abierta y se oía música de Mozart de fondo. Hadley contempló las fotos de bodas que colgaban de las paredes. Había mucha gente famosa, pero también vecinos de la zona.

Miró a su alrededor. Era extraño que no estuvieran por allí Kinley ni su ayudante.

Se dirigió hacia el pasillo que llevaba a los despachos y oyó a alguien vomitando. Avanzó a toda prisa y se detuvo ante la puerta abierta del cuarto de baño justo cuando Kinley se incorporaba.

–¿Estás bien?

Kinley asintió y se acercó al lavabo para enjuagarse la boca y lavarse la cara. Hadley tomó una pequeña toalla de una cesta y se la dio.

–Por favor, no se lo cuentes a nadie –dijo Kinley dándose la vuelta.

–No te preocupes. Supongo que estás embarazada, ¿no?

–Sí. Nate ha estado insistiendo en que tengamos otro hijo e incluso ha convencido a Penny. Al principio dudaba por nuestra historia, ya sabes, ¿no?

Kinley abrió uno de los cajones, sacó un neceser y se retocó el maquillaje. Kinley y Nate se habían conocido en una noche loca en Las Vegas. Después de que él volviera a su casa, Kinley había descubierto que estaba embarazada. Nate no lo había sabido hasta que ella había vuelto a Cole´s Hill con su hija.

—Sí.

Hadley no pudo evitar pensar en Mo y en que de alguna manera había deseado tener un bebé, aunque había sentido alivio al descubrir que no estaba embarazada.

—¿Cómo te las arreglaste sola la primera vez? Tuvo que ser duro.

—No me quedó otra opción. Esta vez quería que fuera perfecto.

—¿Acaso no lo es?

—Bueno, Penny está pasando una etapa difícil. Nate quiere ser complaciente, pero tampoco quiere tener una hija malcriada. A todo esto, dejé de tomar la píldora sin decírselo porque quería que fuera sorpresa, pero anoche me dijo que quizá fuera mejor quedarnos con una sola hija porque da mucho trabajo.

Hadley se acercó y abrazó a su amiga.

—No podía haber elegido peor momento, típico de los hombres.

Kinley asintió.

—Desde luego. El caso es que sé que dentro de nada volverá a insistir en tener otro hijo, pero tie-

ne razón en que dan mucho trabajo y todo se vuelve cada vez más complicado. Pensaba que una vez
Penny empezara a andar y supiera ir sola al baño,
lo tendría todo controlado, pero siempre surge
algo nuevo.

Hadley no se había parado a pensar en nada de
lo que Kinley le estaba contando acerca de tener
hijos. Había pensado que eso los uniría a ella y a
Mo, pero tal vez no fuera el caso.

—No tenía ni idea de que la maternidad fuera
tan dura —dijo Hadley.

—A la vez, es lo mejor que me ha pasado en la
vida. Antes de tener a Penny era un desastre. Seguramente, si no la hubiera tenido, todavía seguiría
de fiesta todo el día y saltando de un trabajo a otro.
Pero esos tiempos para mí se han acabado. ¿Por
qué has llegado tan pronto?

Hadley inspiró hondo y se miró al espejo para
asegurarse de que no tuviera carmín en los dientes.

—He venido antes para disculparme por mi madre. Le gusta mucho mandar.

—No es la primera vez que tengo que lidiar con
la madre de una novia —replicó Kinley—. Sabré ma-
nejarla.

Hadley sacudió la cabeza.

—Pues vas a tener que poner todo de tu parte.
Llamó a tu jefa el lunes y le pidió que estuviera
presente en la reunión por videoconferencia.

Kinley sonrió mientras salían del baño y enfila-
ban el pasillo hacia la sala de reuniones.

—Sí, lo sé. Jaqs va a venir a la reunión. Yo misma
le pedí que viniera.

Hadley no pudo evitar sonreír. Kinley sabía

muy bien cómo tratar a las mujeres de Cole´s Hill. Aunque su familia no pertenecía a ninguna de las cinco familias fundadoras de la ciudad, su madre pertenecía a la alta sociedad de Cole´s Hill, así que conocía la importancia que daban los lugareños al estatus social.

—Buena jugada —dijo Hadley.

—Como dijiste, tengo que hacerme valer y sabía que iba a exigir hablar con mi jefa, así que decidí ahorrarle la molestia. Además, a Jaqs le gusta ocuparse personalmente de los casos difíciles, como ella los llama. Entre tú y yo, vamos a hacer todo lo posible para que se salga con la suya en la reunión.

Hadley estaba impresionada de que su amiga estuviera dispuesta a hacer lo que hiciera falta, pero quizá fuera por eso por lo que Kinley y Jaqs tenían tanto éxito.

—Creo que te había subestimado.

—Pasa muy a menudo —dijo Kinley y le guiñó un ojo—. ¿Quieres tomarte un café mientras esperas? Jaqs ha pedido una máquina nueva y estoy deseando que alguien la pruebe. No quiero tomar cafeína estando embarazada.

—Claro.

Hadley observó a su amiga salir de la sala de reuniones para ir a por el café. Aquel día había sido una revelación en dos aspectos. Se había dado cuenta de que cuando estaba en casa, volvía a ser la muchacha agradable de Cole´s Hill. Su charla con Kinley le había hecho recordar lo antipática que había sido cuando vivía en Manhattan, y necesitaba encontrar la manera de fundir a aquellas dos personas.

Mauricio comenzó el día con una carrera y luego se dirigió a la oficina. Cuando llegó, se sorprendió al encontrar a Malcolm esperándolo en la entrada. Estaba recostado en la pared y, según se acercaba, parecía que se había quedado dormido de pie.

Tenía mal aspecto, pero no olía a alcohol.

–Hola, Malcolm.

Su amigo ladeó la cabeza y, al alzar la vista, vio que tenía los ojos inyectados en sangre y un corte en la mejilla.

–¿Estás bien?

–Sí –farfulló Malcolm, y sacudió la cabeza al erguirse–. Joder, no. Pensé que podría ocuparme de esto, pero todo está fuera de control.

–Vámonos de aquí –dijo Mauricio, dándole un apretón en el hombro a su amigo–. Tienes que desayunar y darte una ducha. Luego hablaremos y trataremos de encontrar una solución.

Malcolm estuvo a punto de protestar, pero al final cedió. Aquello preocupó a Mauricio. Lo acompañó a su deportivo y una vez Malcolm se hubo sentado en el coche, lo condujo hasta Árbol Verde. Allí vivía su hermano, pero iba a estar de viaje en Londres con su esposa durante las siguientes semanas, y a Malcolm le vendría bien alejarse del pueblo.

De camino al rancho, su amigo se quedó dormido. Cuando llegaron, Mauricio aparcó el coche y mandó un mensaje a su asistente diciéndole que iban a tomarse el día libre. Luego despertó a su amigo y lo acompañó al pabellón de invitados para que se duchara y se pusiera ropa limpia.

La asistenta de Diego había aprovechado para visitar a su familia en Dallas mientras su jefe estaba de viaje, así que Mo podía disponer de la casa. Se dirigió a la cocina para preparar el desayuno y le envió un mensaje a Diego para decirle que estaba en su casa dando una vuelta, tal y como le había prometido, e informándole de que Malcolm y él iban a tomar un par de caballos para dar un paseo.

Al momento, su hermano le llamó.

–¿Pasa algo? ¿Por qué estás en mi casa en un día de trabajo? ¿Va todo bien?

–Malcolm no se encuentra muy bien y he pensado que le vendría bien salir a montar a caballo. Por lo demás, todo bien –contestó Mauricio–. ¿Qué tal Londres?

–Frío y húmedo –dijo Diego–. Pero Pippa va a lanzar una nueva línea de joyería el viernes y está entusiasmada, así que el tiempo no importa.

–Por supuesto que no. Cuando tu mujer es feliz, todo es maravilloso.

Le habría gustado haber aprendido antes esa lección. Tal vez así no habría tenido que esforzarse tanto por reconquistar a Hadley.

–Eso suena muy maduro viniendo de ti. ¿Has vuelto con Hadley?

–Estamos en ello. Tengo esperanzas de que esta vez no lo eche todo a perder.

–Eres muy duro contigo mismo –dijo Diego–. Sé que has tenido algunos problemas, pero siempre los has superado.

122

Lo había intentado, pero había habido ocasiones en que había sentido que no hacía más que fracasar.

–Gracias por decir eso.

–Para eso estamos los hermanos mayores. Este fin de semana volveré a casa para el partido de polo. Quiero que se convierta en una cita anual.

–He estado haciendo algunas llamadas –dijo Mauricio.

Luego, siguió contándole a su hermano que se había puesto en contacto con algunas empresas para que patrocinaran el torneo, muchas de las cuales cooperaban con él en acciones benéficas. Diego se quedó impresionado y Mo se dio cuenta de cuánto disfrutaba haciendo el bien. No siempre le gustaba ser el hermano que estaba con el agua al cuello. Tal vez fuera por influencia de Hadley que estaba cambiando sin ni siquiera darse cuenta.

–Nos vemos el viernes, Mo. Te quiero.

–Yo también te quiero –dijo y colgó justo cuando Malcolm entraba en la cocina.

Su amigo seguía teniendo mal aspecto, pero su mirada estaba más calmada.

–¿Estás tomando drogas? –preguntó sin más preámbulo.

Era lo único que se le ocurría que pudiera explicar aquel aspecto y el hecho de que hubiera desaparecido el dinero que Helena y él habían reservado para la boda.

–No, ¿qué te hace pensar eso?

–Estás hecho polvo, no has repuesto el dinero de la cuenta de la boda, tu prometida está asustada y te comportas de una manera extraña. No hay ninguna duda de que te pasa algo. Tienes que sincerarte y aclarar las cosas.

Malcolm volvió una de las sillas y se sentó en ella, apoyando los codos en el respaldo y la cabeza en las manos.

–Lo dices como si hubiera perdido el control de mi vida.

–Y así es. ¿Qué demonios está pasando?

Malcolm se frotó la nuca, incapaz de mirar a Mauricio a los ojos. Estaba realmente preocupado por su amigo. Aquel no era el hombre que conocía. Se mostraba evasivo y parecía desesperado.

–No puedo…

–Suéltalo ya. Sabes que antes o después lo descubriré –dijo Mauricio–. Tú fuiste el que me buscaste en el Bull Pit y me dijiste que si me metía en una pelea más, el sheriff Justiss me metería en la cárcel. Me dijiste que no echara a perder mi vida.

–Es cierto que lo dije –comentó Malcolm mirándolo a los ojos por primera vez en semanas–. Creo que es más fácil dar consejos que seguirlos.

–Sin ninguna duda. Pensaba que bebiendo y metiéndome en peleas conseguiría olvidarme de Hadley, pero no fue así. Y ni siquiera sé contra qué demonios estás luchando.

Puso una taza de café y un plato de comida delante de su amigo antes de sentarse enfrente.

–Te parecerá una tontería –dijo Malcolm.

–No espero menos por la manera tan estúpida en que te estás comportando.

Su amigo esbozó una tímida sonrisa.

–Empecé a pensar en el futuro. Mi familia política lleva una vida desahogada y pensé que debía procurarle a Helena las mismas comodidades. Y ya me conoces. Trabajo mucho, pero también me gusta disfrutar.

–No hay nada malo en eso. Helena te quiere a ti, no a tu dinero.

–¿Tú crees?

–¡Por supuesto! El que pienses de otra manera es un insulto para Helena y para ti. Si hubiera querido un marido millonario, lo habría encontrado. Te quiere.

Malcolm se frotó la nuca.

–Me soplaron el resultado de una apuesta con la que duplicaría el presupuesto de nuestra boda y que permitiría que Helena contara con todos los extras que ha descartado, así que tomé el dinero e hice la apuesta.

–Y perdiste. ¿A quién le hiciste la apuesta?

–A alguien que no conoces. De todas formas, estoy trabajando duro para recuperar el dinero. Hemos estado dos años ahorrando para pagar la boda y en una noche lo perdí todo. Me refiero a que si lo perdí en una noche…

–No, déjalo. Nunca lo vas a recuperar de esa manera. ¿Por qué no acudiste antes a mí?

–¿Por qué iba a hacerlo? Es mi problema –replicó Malcolm.

–Pensé que éramos amigos.

–Lo siento, Mo, estaba muy enfadado conmigo mismo. No sé cómo salir de esta. He estado haciendo algunos trabajos fuera de Cole´s Hill para recuperar el dinero. Le dije a Helena que lo volvería a depositar en la cuenta de la boda antes de que tuviéramos que hacer todos los pagos, pero no sé si voy a conseguirlo –dijo Malcolm, y apartó su plato.

Dejó caer los brazos a los lados de las caderas y se quedó mirando las colinas.

–Te ayudaré. A Alec se le dan muy bien las inversiones. Ya se nos ocurrirá algo entre los tres para que recuperes tu dinero.

–¿De verdad?

–Claro, pero antes tienes que hacer algo.

–Cuéntaselo a Helena. Está asustada y creo que solo sincerándote podrás solucionarlo.

–No pensé que fueras a ponerte tan trascendental.

–No puedo evitarlo, soy el más listo de los tres.

–No paras de repetir eso –dijo Malcolm con una nota de humor en su voz.

Mo vislumbró a su antiguo amigo por primera vez desde la fiesta de compromiso.

Malcolm se acercó y lo abrazó.

–Gracias.

–De nada. Y ahora, llama a Helena. Voy a mandarle un mensaje a Alec y tal vez podamos conseguir algo de nuestras inversiones.

Treinta minutos más tarde, Helena llegó a Árbol Verde. Mauricio se quedó en la casa mientras sus amigos salían a dar un paseo a caballo.

A Helena le había sorprendido recibir la llamada de Malcolm. No había pasado por casa en dos días y no había podido dormir en ese tiempo. Estaba preocupada, enfadada y nerviosa. Su madre estaba midiendo sus fuerzas con Jaqs Veerland y ya no estaba segura de querer casarse. Pero no iba a cancelar la boda del año a menos que estuviera segura de haber perdido para siempre a Malcolm.

Así que aquella llamada… Era exactamente lo que estaba esperando. Fuera lo que fuese que estaba pasando, parecía que iba a sincerarse. Confiaba en que no hubiera otra mujer. No sería capaz de soportarlo.

–No has dicho nada desde que salimos de los establos –dijo Malcolm.

Temía empezar la conversación. Era la hermana fuerte, aquella con la que siempre se podía contar, pero le estaba costando disimular que no se había dado cuenta del mal aspecto de su novio. Nada de aquello tenía sentido y el nudo de su estómago se tensó.

–No sé qué decir. Estoy asustada –dijo subiéndose las gafas para mirarlo a los ojos.

Aunque llevaba un sombrero de cowboy y unas gafas oscuras que ocultaban su rostro, Helena había advertido sus ojos enrojecidos.

–Lo siento, Helena. Nunca fue mi intención hacerte esto.

–¿Qué has hecho? ¿Qué ha pasado con el dinero?

Malcolm detuvo el caballo y desmontó. Los caballos de Árbol Verde estaban entrenados para quedarse quietos cuando las bridas tocaban el suelo, así que Helena las dejó caer y se acercó a su novio.

De repente, toda la ira que había acumulado desde que vio que no había dinero en la cuenta la hizo explotar.

–¿Qué demonios estás haciendo? –preguntó dándole un empujón en el hombro–. Si no quieres casarte, solo tienes que decirlo. Deja de marear la perdiz para que sea yo la que ponga fin a esto.

Se quedó impasible dejando que fuera ella la que despotricara contra él. Cuando Helena se dio cuenta de que había perdido el control, se rodeó por la cintura y se quedó a la espera.

–Lo siento. He perdido los nervios.

–Me lo merecía. Sé que no soy el hombre que a tu familia le habría gustado. No puedo darte el mismo nivel de vida que tus padres. Vi la oportunidad de cambiarlo, de darte todo lo que necesitas, pero no funcionó.

–¿Lo que necesito? Aclaremos eso primero. ¿Cuándo he dicho que eche de menos algo?

No iba a ser capaz de mantener la calma, sobre todo si iba a echarle las culpas.

–Nunca me has hecho sentir que no fuera suficiente. Pero eres… Eres mi vida, Helena, y quiero darte la luna, pero no puedo. He intentado conseguir más para ti, para nosotros.

Malcolm siempre había tenido grandes sueños y un gran corazón, y por eso se había enamorado de él.

–No necesitamos más. ¿Qué es lo que has hecho?

Suspiró y se pasó las manos por el pelo, haciendo que el sombrero de cowboy cayera al suelo.

–Tomé el dinero para hacer una apuesta y lo perdí todo. He estado intentando recuperarlo.

–¿Haciendo apuestas?

–No, así no. He estado haciendo algunos trabajos por todo el condado, incluso por las noches, para recuperarlo.

—Malcolm, deberías habérmelo dicho.

—No podía. Bastante mal me sentía por haber perdido todo nuestro dinero para la boda y que tuvieras que acudir a tus padres, algo que sé que no querías hacer. Fui yo el que se metió en este lío, así que tengo que arreglarlo.

Se acercó a él y lo envolvió en sus brazos. Malcolm la estrechó con fuerza y sintió que el nudo de su estómago se aflojaba.

—Podremos arreglarlo. Somos compañeros de vida. Lo solucionaremos. No importa el dinero mientras estemos juntos.

—Te quiero —dijo Malcolm.

—Yo también te quiero.

Luego le contó que había hablado con Mauricio y habían planeado consultar a Alec para hacer alguna inversión y recuperar el dinero para la boda. Helena ofreció sus consejos, pero sabía que Alec era mejor inversor que ella. No le cabía ninguna duda de que estaban dando el paso correcto. Sabía que muchas parejas pasaban momentos difíciles y tal vez estuvieran pasando el suyo. Una vez lo superaran, saldrían reforzados como pareja.

Capítulo Doce

Cuando Hadley llegó a la mansión de Five Families en la que vivían los padres de Mo, se quedó fuera un momento pensando. Ir a un partido de polo le traía muchos recuerdos de su relación con Mauricio. La madre de él había organizado un almuerzo antes del partido y toda la familia Velasquez iba a estar allí. Hadley se preguntó si de verdad estaba dispuesta a hacer aquello, si de verdad estaba dispuesta a volver a tenerlo en su vida.

Las últimas semanas habían sido como siempre había esperado que fuera su relación. Aunque todavía había algunos aspectos que ninguno de los dos parecía dispuesto a afrontar, sentía que esta vez estaban haciendo los cambios necesarios para formar una pareja de verdad.

–¿Nerviosa? –preguntó Mo.

Se acercó a ella y puso su mano en la parte baja de su espalda. Un escalofrío la recorrió y deseó haber hecho el amor una vez más antes de haber ido.

–Sí. A tu madre nunca le parecí lo suficientemente buena para ti y supongo que cuando cortamos, se alegró.

Mo se inclinó y la besó. Fue un beso intenso y apasionado, y sintió que se derretía. Aquella ardiente pasión que existía entre ellos era como una adicción que necesitara su dosis diaria para ser satisfecha. De hecho, conocía muy bien aquella sensación.

Esta vez el riesgo era mayor. Si lo suyo no funcionaba, saldría de su vida para siempre. Ambos eran lo suficientemente inteligentes como para seguir dándose contra la pared.

—Al contrario, pensaba que yo no era lo suficientemente bueno para ti —la corrigió, pasándole un mechón de pelo por detrás de la oreja—. Sabía que sufriría cuando por fin te dieras cuenta.

—¿De verdad te hice sufrir?

—Pasé tres meses borracho y cada vez que me enteraba de que habías salido con alguien, me metía en peleas. ¿A ti qué te parece?

—Que no te gusta perder.

Mauricio sacudió la cabeza. Luego la rodeó con sus brazos y la atrajo hacia él.

—Nunca pensé que podría sufrir tanto como cuando estuvimos separados, cariño. No quiero volver a sentirme así nunca.

Ella se fundió en el abrazo y apoyó la mejilla en su hombro.

—Yo tampoco.

—A ver, hermanito, dejad los arrumacos para cuando estéis solos.

Hadley levantó la cabeza y dio un paso atrás mientras Alec se acercaba.

Mo le dirigió una mirada asesina a su hermano y le rodeó los hombros a Hadley con su brazo antes de dirigirse hacia la puerta seguidos de su hermano gemelo. Al entrar en la casa, se sintió más tranquila. Le dio el bolso al mayordomo de la familia y siguió a Mo hasta el salón.

La señora Velasquez estaba charlando con un grupo de amigas. Diego llamó a Mauricio para que se acercara al grupo de hombres a los que Hadley enseguida reconoció de las fotos del club de polo. Eran los inversores del nuevo complejo, la mayoría jugadores y criadores de caballos.

Se excusó para no ser la única mujer en el grupo y salió al pasillo. Cuando atravesaba el vestíbulo, la puerta del aseo se abrió y salió Bianca con su hijo Benito. Iba vestido con pantalones de montar, un polo y unas botas. Al verla, le sonrió.

—Hola, Hadley.

—Hola, Benito. ¿Vas a montar a caballo?

—Sí, para una… ¿Cómo se dice, mamá?

—Va a montar con Diego durante una exhibición —dijo Bianca.

Estaba embarazada de varios meses y estaba resplandeciente. Pero se la veía cansada.

—Eso suena muy divertido. ¿Quieres contármelo? —le preguntó al pequeño.

Lo conocía desde que nació y, al tomar su mano diminuta, pensó en lo entrelazada que estaba su vida a la de Mo y en cuánto había echado de menos a su familia.

Recorrió el pasillo con ellos hasta el patio de atrás, en donde se iba a servir el almuerzo. Los demás ya habían salido del salón. Se quedó en un rincón contemplando a Mo con su familia y pensó que hacía tiempo que no lo veía tan relajado.

Alguien se acercó a ella y, al volverse, vio que era su madre.

—No pensé que fueras a darle otra oportunidad.

—Yo… Nosotros…

–Está bien. Sé que el amor es complicado. Llevo mucho tiempo casada con el padre de Mauricio y sigue siendo difícil. Me alegro de verte con él. Ha cambiado. Se le ve muy relajado y eso me gusta.

–A mí también.

–Venga, tomemos un cóctel y unámonos a los hombres –dijo la señora Velasquez, lo que hizo que Hadley se sintiera parte de la familia.

Desde que empezó a salir con Mo, siempre había deseado formar parte de aquel grupo de personas. Pero siempre se había esforzado en demostrar a los demás que ella y Mauricio eran la pareja perfecta. Nunca había sido cierto, y eso había acabado por distanciarla de la familia de Mo.

Mientras seguía a su madre y se reunía con él, pensó que Mauricio no era el único que había cambiado. Ella también. Se estaba dando cuenta de que no había sido tan madura como siempre había creído.

Cuando llegó hasta Mo, él se inclinó para besarla en la mejilla.

–¿Ves? Te dije que le caías bien –le susurró.

Hadley rio a la vez que sacudía la cabeza.

Mauricio acabó agotado después del partido de polo. Pero era lo que quería. Se alegraba de que Malcolm hubiera participado y que hubiera jugado tan bien. Incluso Helena estaba allí, viendo el partido al lado de Hadley. Sentía que estaba viviendo un gran momento de su vida.

Aquella idea le puso nervioso, como si a la vuelta de la esquina le esperara alguna desagradable sorpresa. Tenía que sentirse satisfecho consigo mismo antes de entregarse completamente a su relación. Era algo que había aprendido ayudando a Malcolm con sus problemas.

Malcolm había intentado hacer algo para impresionar a su prometida en vez de darse cuenta de que era lo suficientemente bueno para Helena.

Mauricio no pudo evitar preguntarse si era suficientemente bueno para Hadley. Esa era siempre la pregunta y nunca había sabido la respuesta. Ambos habían dedicado mucho tiempo a contemplar su relación desde fuera, pero aquel susto que se habían llevado con el posible embarazo había estrechado el vínculo entre ellos, convirtiéndolos en un equipo. Desde ese momento, había vuelto a sentir que formaban una pareja.

Se frotó la nuca. Tal vez estuviera exagerando, pero no quería volver a perderla. No quería arriesgar aquella segunda oportunidad que todavía no tenía claro que se mereciera, pero que deseaba más que nada.

Se duchó, se cambió de ropa y buscó a Alec.

—Se me había olvidado lo mucho que me gusta jugar.

—Lo sé. De pequeño no me gustaba que papá nos obligara a montar y a jugar al polo, pero ahora me alegro —dijo su hermano.

—Nadie se habría creído que éramos gemelos si te hubieras quedado siempre en casa. Te estabas volviendo un cerebrito.

—¿Cerebrito? Ya te gustaría, hermanito. A las mujeres les gusta mi inteligencia —replicó Alec.

—¿Es eso lo que te dicen?

–Créeme, lo sé.

–¿Qué es lo que sabes? –preguntó Hadley cuando se acercaron a ella.

–Que la inteligencia es más sexy que el físico.

–Suerte que Mo tenga ambas cosas –dijo guiñándole un ojo, lo que le provocó un escalofrío de deseo.

–¿Eso piensas? No es tan inteligente como yo.

–Nadie es tan inteligente como tú –observó Hadley.

–Cierto –dijo Alec.

Cuando Alec se fue a la barra, Mo se acercó a Hadley, consciente de que deseaba tenerla a su lado el resto de su vida. Pero no podía decirlo. Se lo estaban tomando con calma para no volver a cometer los mismos errores. Aun así, le estaba costando echar el freno. Aquella sensación le decía que se aferrara a ella antes de volver a perderla.

–Has estado impresionante hoy –dijo ella después de que Alec se fuera.

No había ninguna duda de que su hermano iba a intentar cortejar a alguna mujer. Alec había estado muy raro últimamente y Mauricio se estaba dando cuenta en aquel momento porque había estado ocupado ayudando a Malcolm para evitar que perdiera a la única mujer a la que había amado.

–Gracias, era lo que buscaba –replicó con ironía–. Vi que estabas con Helena. ¿Adónde se ha dio?

–A buscar a Malcolm. Me ha contado lo que hiciste por él, bueno, por ellos. Has sido muy atento.

–Gracias –dijo, mientras ella miraba a su alrededor.

–Es extraño estar aquí. Me refiero a que es la primera vez que estamos juntos con nuestras familias. Tu madre ha sido muy agradable. Helena comentó que se alegraba de que estuviéramos juntos de nuevo. Esto afecta a nuestras familias y amigos, y eso me asusta.

La llevó hasta un rincón y la ocultó de la mirada de los demás con su cuerpo. La miró a aquellos ojos marrones que siempre ocultaban sus verdaderos sentimientos, aunque en ese momento no tuvo ninguna duda de lo que pensaba. Estaba tan nerviosa como él temiendo que aquella segunda oportunidad estuviera siendo cuestionada por todos.

–No me importa lo que piensen los demás –se sinceró–. Eres lo único que me importa.

–Mo.

Solo había dicho su nombre, una única palabra cargada de sentimiento. Al igual que él, estaba tratando de darle sentido a aquello.

–Esto es lo que tenemos, cariño. Esta vez no voy a permitir que nada nos afecte. Si el pasado me ha enseñado algo es que me siento mucho mejor cuando te tengo a mi lado.

Hadley ladeó la cabeza y se quedó mirándolo, lo que le hizo darse cuenta de lo vulnerable que le hacía sentirse. Se irguió deseando que viera en él aquello que buscaba.

–A mí me pasa lo mismo.

Lo tomó por los hombros y lo besó. En aquel momento, Mauricio se dio cuenta de que si esta vez la perdía, no lograría superarlo. De alguna manera, Hadley había conseguido llegar hasta aquel rincón vacío de su alma que, sin saberlo, siempre había esperado que fuera ella la que lo llenara.

Helena dejó a los demás y fue en busca de Malcolm. Mauricio había sido de gran ayuda para descubrir qué era lo que le pasaba a su prometido, aunque todavía no estaba segura de si el problema había quedado completamente resuelto. ¿Sería adicto a las apuestas?

¿O sería como le había dicho, que solo quería darle una buena vida? Como si no tuvieran ya una buena vida. Después de encontrarse con él en Árbol Verde, había vuelto a casa con él y habían tenido una larga charla. Era la primera vez desde que en la fiesta de compromiso se dio cuenta de que el dinero no estaba, que sentía que había vuelto a la normalidad. Pero aún albergaba dudas.

Malcolm estaba hablando con Diego y Alec, y se le veía muy tranquilo. Eso le daba esperanzas para creer que habían superado la grave crisis que a punto había estado de costarles el matrimonio.

—Oye, Helena, ¿estás bien? —preguntó Hadley, rodeando por los hombros a Helena.

—Sí —contestó, tomando una copa de la bandeja de un camarero que pasaba a la vez que su hermana—. El amor es muy complicado, ¿sabes?

Hadley asintió antes de dar un sorbo a su bebida.

—Sería maravilloso que fuera como aquellas historias que leíamos de adolescentes, que cuando la chica se enamoraba del chico todos los problemas desaparecían como por arte de magia.

Helena sonrió a su hermana.

—Sí, más teniendo en cuenta que estoy a punto de casarme. Antes pensaba que no había diferencia entre vivir juntos y casarse, pero sabiendo que vamos a ser pareja de por vida, no puedo dejar de sentir vértigo. Supongo que lo mismo le pasará a Malcolm, pero hay momentos en que todavía no sé por qué no puede simplemente...

—Está bien. Es lógico esperar que los hombres de nuestra vida den un paso al frente cuando los necesitamos.

—¿Es eso lo que está pasando entre Mauricio y tú? ¿Ha dado un paso al frente?

Hadley se mordió el labio y miró hacía el otro extremo del salón, en donde estaba hablando con sus padres y con alguien que Helena no conocía.

—Sí, eso creo. Llevamos saliendo, bueno, más bien acostándonos, estas dos últimas semanas, y esta es la primera vez que nos presentamos como pareja. Es emocionante, pero a la vez da vértigo. ¿Cómo es posible?

—No lo sé, pero lo entiendo. ¿Así que os habéis acostado?

—Nunca he conseguido olvidarlo —admitió Hadley—. Incluso cuando salía con otros, siempre los comparaba a Mo. Pensé que era una locura hasta que me di cuenta de que había algo entre nosotros que no era capaz de explicar y ahora... Bueno, creo que esta vez nos lo estamos tomando en serio.

Helena rodeó a su hermana por la cintura.

—Me alegro de oír eso. Creo que ambos necesitabais madurar.

–Sí, claro –dijo Hadley apartándose–. No creo que Malcolm y tú seáis muy diferentes a nosotros.

–Todos vamos dando tumbos.

–Sí, así es –dijo y soltó un gruñido.

Helena miró hacia donde lo hacía su hermana y vio a su madre dirigiéndose hacia ellas.

–Pensé que mamá iba a perder el control el otro día justo antes de que Jaqs apareciera en la reunión –dijo Helena.

–Yo también. Quiere que tu boda sea perfecta –comentó Hadley–. Aunque no sé si es posible alcanzar la perfección.

–Por supuesto que sí –intervino su madre al unirse a ellas–. Estáis muy guapas.

–Gracias, mamá –dijeron al unísono.

Su madre parecía más tranquila que en la última reunión con la organizadora de la boda. Tal vez fuera porque Helena también estaba más calmada.

No le había querido contar a su madre sus problemas con Malcolm, pero suponía que se había dado cuenta de que estaba preocupada por su comportamiento.

–Vuestros chicos han jugado muy bien.

–Tienes razón –asintió Helena.

–¿Te parece bien lo mío con Mo? –preguntó Hadley un tanto nerviosa.

Su madre alargó el brazo y le colocó aquel mechón rebelde detrás de la oreja.

–Sí si a ti te parece bien.

–¿De veras? –preguntó helena.

–Sí. Parece como si pensarais que tuviera claro cómo debe ser el hombre perfecto para vosotras. Aunque lo cierto es que así es. Me gustaría que dierais con un hombre que os amara y que os tratara bien. Y creo que lo habéis conseguido. Helena, nunca te he visto tan feliz como ahora. Y Hadley, por alguna razón, siempre has estado cerca de Mauricio.

Helena miró a Hadley y vio su expresión de asombro. Su madre siempre había sido muy crítica con todos los chicos que habían llevado a casa.

–¿A qué se debe ese cambio?

–A algo que me dijo vuestro padre el otro día.

–¿El qué? –preguntó Helena.

Su padre tenía una manera curiosa de hacer entrar en razón a su madre para impedir que se comportara como la reina de los mares.

–Que buscabais en la vida algo diferente a lo que yo buscaba, y que dejara de obligaros a seguir mis ideales. Tenía razón. Quiero que deis con el hombre de vuestros sueños, no con el que a mí me parece que os gustaría.

Helena abrazó a su madre a la vez que lo hacía Hadley. No pudo evitar pensar que el amor era complicado aun siendo entre padres e hijos.

Malcolm y Mauricio se unieron a ellas y, por un momento, Helena pensó que todo era perfecto en su mundo. Era feliz con el hombre al que amaba y su hermana pequeña por fin estaba consiguiendo que las cosas funcionaran con el que ella quería.

Capítulo Trece

El mensaje que recibió de su cliente de Nueva York no era el que esperaba. Era muy exigente y Hadley tenía la sensación de que, hiciera lo que hiciese, nunca le parecía bien.

—¿Por qué frunces el ceño? —preguntó Mauricio.

—Acabo de recibir un correo electrónico de Jenner.

Estaban relajados en el sofá, viendo un partido de los Spurs en televisión. Hadley tenía las piernas sobre el regazo de Mo y pasaba el rato alternando entre su correo electrónico y la página de vestidos de damas de honor que le había mandado Kinley.

—¿No habías acabado ese trabajo?

—Eso pensaba, pero este correo probablemente signifique que quiere que le dé una vuelta más a la campaña de marketing que he diseñado.

—No lo sabrás nunca si no lo abres. Venga, ábrelo. Cuanto antes sepas lo que quiere, mejor. Además, no quiero que estropees nuestro domingo.

Hadley apoyó la cabeza en el sofá y se quedó observándolo. Habían pasado todo el fin de semana juntos y se estaba acostumbrando a vivir con él. Esta vez todo era diferente. Antes, Mo se habría pasado el día contestando llamadas o en reuniones con posibles clientes. En vez de eso, ahora se esmeraba en que el tiempo que pasaran juntos fuera de calidad.

Hadley dejó el teléfono en la mesa de centro y se sentó a horcajadas sobre su regazo. Él deslizó las manos bajo su camiseta y le desabrochó el sujetador.

—Haz eso que tanto te gusta.

—¿El qué? —preguntó ella, ladeando la cabeza.

—Quitarte el sujetador sin quitarte la camiseta —respondió Mo con voz sensual.

Metió las manos bajo las mangas de la camiseta y deslizó el tirante por el brazo izquierdo, tomándose su tiempo. Él la observaba como si estuviera haciendo algo muy complicado. Le gustaba verlo tan serio y no pudo evitar sonreír. Lentamente se bajó el segundo tirante por el otro brazo y luego se sacó el sujetador de encaje por la manga y lo dejó caer sobre su pecho.

—¿Lo he hecho tan bien como recordabas? —preguntó, arqueando una ceja.

—Mejor.

La tomó por la cintura y tiró de la camiseta hasta ajustársela al cuerpo.

—Esto es lo que quería ver —añadió.

Hadley bajó la vista y vio que se le adivinaban los pezones bajo el tejido. Luego apoyó las manos en sus hombros y se colocó sobre sus muslos a la vez que se echaba hacia atrás para ofrecerle sus pechos.

—¿Esta noche solo quieres mirar?

Mo emitió un sonido gutural y deslizó el brazo por la espalda de Hadley, sujetándola mientras echaba hacia delante la cabeza. Ella sintió el calor de su aliento antes de que su boca se cerrara sobre su pezón, lamiéndoselo por encima de la camiseta.

Hadley cerró los ojos y dejó caer la cabeza, hundiendo los dedos en su pelo. Entonces, Mo levantó la cabeza e hizo lo mismo en el otro pezón.

El tejido húmedo se pegó a su piel y se estremeció. Mo se echó hacia atrás para bajarse la cremallera de los vaqueros y, al bajar la vista, Hadley advirtió el bulto bajo sus calzoncillos. Colocó la mano encima y sonrió mientras recorría arriba y abajo su longitud, sintiendo cómo crecía su erección con sus caricias.

—Eso está mejor —dijo Mauricio.

Hadley se inclinó sobre él y con la mano que tenía en su pelo, le obligó a echar la cabeza hacia atrás para unir su boca a la suya. Él separó los labios y le metió la lengua en la boca. No pudo evitar mordérsela. Nadie le excitaba como él.

Se levantó de su regazo y se quedó mirándolo mientras se quitaba la ropa interior para liberarse. Luego vio cómo tomaba su miembro erecto con la mano y comenzaba a acariciárselo de arriba abajo.

Sintió que se derretía y separó las piernas. Él entornó los ojos y la observó desabrocharse los botones de los vaqueros y bajárselos mientras sacudía las caderas y echaba los pechos hacia delante. Se detuvo y lo miró cuando tenía los vaqueros por las rodillas. Mo se quedó mirando sus pezones erectos antes de clavar los ojos en sus bragas de encaje blanco.

—¿Te gusta lo que ves?

—Sabes que sí. Aunque no me importaría ver cómo te desnudas de espaldas.

Lo sabía muy bien. A Mauricio le gustaba su trasero. Se lo había dicho más de una vez y esa noche, sabiendo que eran más fuertes como pareja, quería que aquel encuentro fuera más excitante que nunca.

Se volvió y lentamente sacó una pierna de los vaqueros y después la otra. Luego, se inclinó para mostrarle su trasero y volvió la cabeza para mirarlo por encima del hombro. Su erección había crecido aún más y estaba segura de que estaba al límite. Era exactamente lo que quería.

Quería que estuviera tan excitado que se olvidara del pasado y del futuro, y que no pensara en nada más que en ellos dos.

Hadley se volvió, tomó el bajo de la camiseta y lentamente se la quitó por encima de la cabeza. Al dejarla a un lado, sintió sus manos sobre los pechos y su muslo entre los suyos. Mauricio frotó su pierna contra el origen de su placer, y se arqueó sintiendo sus manos atrayéndola hacia él.

Dejó caer la cabeza y dejó que la sujetara. Sentía su boca en su pecho, mientras su otra mano bajaba por su cuerpo a lo largo de las costillas y el ombligo, hasta llegar al monte de Venus. Luego la acarició lentamente y sintió sus dedos abriéndola.

Hadley tomó su miembro y lo acarició arriba y abajo mientras acercaba la punta a su clítoris. Era una sensación muy agradable, y unas palpitaciones de placer la sacudieron.

Mo le mordió suavemente el pezón antes de recostarse en el sofá. Luego la hizo tumbarse y se colocó sobre ella.

—Mauricio, ¿por qué no te has quitado la camisa?

—Porque te gusta.

—Prefiero sentir tu piel.

El suave sonido de su voz y su sensual tono burlón le excitaban tanto que solo podía pensar en hundirse en ella y hacerla suya una y otra vez hasta acabar exhaustos. Para eso eran los domingos, pensó, para hacer el amor a Hadley.

Tomó su mano y la besó, antes de llevársela a los botones de la camisa. Lentamente, Hadley se los fue desabrochando. Cada vez que sus dedos rozaban su piel se sentía más al límite, más cerca de saltar sobre ella y penetrarla. Ni siquiera se detuvo a pensar que se había dejado los preservativos en el dormitorio de ella.

—Maldita sea. Los preservativos están en tu habitación —dijo.

—Entonces, llévame allí.

—Rodéame con brazos y piernas.

Ella obedeció, estrechándose contra él.

Mauricio dejó escapar un gruñido, consciente de que si movía las caderas un poco, podía penetrarla. Pero se contuvo. Se irguió y la sostuvo contra él mientras atravesaba el *loft* para dirigirse al dormitorio. Se sentó en la cama y ella se colocó a horcajadas antes de darle un beso apasionado. Después, al inclinarse hacia la mesilla para tomar la caja de preservativos que había dejado él allí un rato antes, sus pechos rozaron su torso.

Todo su cuerpo ardía. Sentía como si fuera a explotar si no la penetraba, pero logró controlarse. No quería perder ni un segundo de aquella segunda oportunidad que se habían dado. Apoyó la mano en su cintura y la acarició con su miembro erecto. Al instante, sus pezones se endurecieron.

Hadley arqueó la espalda, ofreciéndole sus pechos. Un gemido escapó de la garganta de Mo, que la tomó por la cintura. La punta de sus pezones rozaron su pecho, mientras se inclinaba para besar y mordisquear su cuello.

–No puedo aguantar más.

–Bien.

Mauricio movió las caderas, buscando su centro con la punta de su miembro.

Ella lo mordió con más fuerza y deslizó la mano entre sus cuerpos para acariciar la fina línea de vello que se extendía desde su ombligo y más abajo él se estremeció. No iba a poder contenerse mucho más. La tomó de la mano y se la llevó al pecho, colocándola justo encima del corazón. Fue entonces cuando se dio cuenta de lo mucho que significaba para él. Había encontrado en ella más de lo que esperaba. Le habría gustado decírselo, pero no encontró las palabras y no estaba seguro de que fuera a creerlo.

–Hadley.

–No –dijo colocándole un dedo sobre los labios–. No hables. Hazme tuya, Mo. Hazme olvidarme de todo menos de ti.

Él asintió. La deseaba y en aquel momento era todo lo que importaba. Tenía la otra mano sobre su erección y separó las piernas. Ya no quería seguir hablando. Su mente estaba en el sexo. Necesitaba tenerla desnuda y hundirse en ella. Ya hablarían más tarde. Buscó su boca y sus labios se encontraron antes de que lo hicieran sus lenguas.

Mauricio se recostó en la cama hasta que dio con la espalda en el cabecero. Ella se inclinó y lo besó en el pecho. Después, la observó sacar la lengua y lamerle el pezón.

Recorrió cada uno de los músculos de su abdomen y lentamente fue bajando. Tenía el pene muy duro. Quería tomar el control y penetrarla, pero prefería dejar que fuera ella la que llevara la iniciativa.

Hadley acarició su erección en toda su longitud. Mauricio la tomó con el brazo y la atrajo hasta que sus pechos quedaron unidos.

Sentía el pulso en los oídos. Estaba muy excitado y la necesitaba. Sus dedos fueron bajando por su cuerpo hasta que encontró su centro. Estaba húmedo y caliente, y le rozó suavemente el clítoris. Hadley se aferró a sus hombros y arqueó la espalda mientras él le acariciaba aquella zona tan sensible.

Mauricio deseaba más. Quería que se corriera. Deslizó más abajo uno de sus dedos y le acarició la entrada de su cuerpo. Cuando oyó que empezaba a jadear, la penetró con dos dedos sin dejar de acariciarle el clítoris.

Hadley comenzó a sacudirse contra él con más urgencia, antes de tomar su rostro entre las manos y llevárselo a uno de sus pechos. Mauricio tomó el pezón entre los labios y lo acarició con la lengua, mientras sus manos se aferraban a su trasero.

Luego, volvió a penetrarla con los dedos. Cuando sintió que su cuerpo empezaba a contraerse contra él, le mordió un pezón, llevándola al límite. Al alcanzar el éxtasis gritó su nombre y él la abrazó hasta que se tranquilizó. Después rodó a un lado, la tomó por los tobillos y le separó las piernas.

Rápidamente se puso un preservativo y se echó sobre ella, colocando las manos cerca de sus pechos. Ella se frotó contra él y cuando fue a acariciarle una vez más su pene erecto, Mauricio se lo impidió entrelazando sus dedos con los suyos y le colocó el brazo por encima de la cabeza. Ella sonrió.

Al colocar las caderas entre sus muslos, ella lo rodeó por la cintura con las piernas. Al instante, sintió su mano en el lado derecho de su pecho, acariciándole el tatuaje con el escudo familiar. ¿Qué significado tenía?

No podía pensar con claridad en aquel momento. En vez de eso, echó hacia atrás las caderas y se hundió en ella todo lo profundo que pudo. Hadley dejó caer la mano sobre su hombro y le clavó las uñas mientras la penetraba. Luego echó la cabeza hacia atrás y cerró los ojos.

Mauricio se inclinó, tomó uno de sus pezones entre los dientes y lo mordió suavemente. Sus caderas se movían más deprisa, exigiendo más, pero él mantuvo el ritmo lento y constante, esperando que se corriera antes que él.

Chupó su pezón y arqueó las caderas buscando aumentar su placer con cada embestida. Ella cerró los puños y echó hacia atrás la cabeza mientras su cuerpo se sacudía de placer.

Unos segundos más tarde la siguió, alcanzando el éxtasis con la sensación de que le había entregado su alma. Después, la estrechó contra él y la abrazó con fuerza. Ella abrió los ojos y se quedó mirándolo de una manera que no supo interpretar, aunque quiso pensar que algo había cambiado.

Pasaron el resto de la tarde en la cama, hablando de su trabajo y de que tuviera que irse a Nueva York. A Mauricio no le agradaba la idea de que se fuera. La necesitaba a su lado. Algo había cambiado en su interior y temía decirlo en voz alta.

Necesitaba a Hadley más de lo que nunca había pensado.

Capítulo Catorce

Manhattan no era tan divertido como lo recordaba. El ritmo de la ciudad le resultaba agobiante en vez de estimulante. Se estiró en la enorme cama de la habitación de invitados de su amiga. Echaba de menos el café que tomaba cada mañana en la nueva cafetería que habían abierto cerca de su *loft* y, sobre todo, echaba de menos a Mauricio. Después de hacer el amor en su sofá antes de marcharse, se había dado cuenta de que algo había cambiado entre ellos. Volvía a estar enamorada de él. ¿Acaso había dejado de estarlo en algún momento?

Empezaba a creer que no y eso la asustaba. Habían roto en más de una ocasión y, cada vez, le había sido más difícil de lo que había imaginado. Volvían a estar juntos, pero confiar en él... Bueno, le estaba resultando más fácil porque era un hombre muy diferente a aquel al que había pillado con otra mujer. Aunque lo cierto era que siempre habría una pequeña parte de ella que creería que lo suyo no podía durar.

No sabía si se debía a sus experiencias pasadas con Mo o a la sinceridad de su hermana al contarle sus problemas con su prometido. El caso es que había algo que la impedía confiar plenamente en Mauricio.

Se sentía mal por no ser sincera. La noche anterior habían estado hablando hasta las dos de la mañana. Él iba a pasar el día en Houston. Iba a recibir un premio por su labor benéfica en una ceremonia que se iba a celebrar esa noche y había sido muy modesto al afirmar que no se lo merecía. Pero sabía de primera mano lo mucho que había trabajado para construir aquellas casas para los más necesitados de Cole´s Hill. Aunque la economía de su pequeña ciudad estaba creciendo, siempre había quien no salía beneficiado, y Mauricio estaba poniendo todo de su parte para ayudar al mayor número de familias posible.

Estaba muy orgullosa de él.

No recordaba haberse sentido así en el pasado. Siempre había sido muy ambicioso y solo le había preocupado ser millonario antes de cumplir los treinta. Estaba muy contenta de que hubiera cambiado.

Si tan solo pudiera creerse que el cambio era de verdad… Su teléfono sonó y, al mirar la pantalla, vio que era una videollamada de Mauricio. Echó un vistazo alrededor del apartamento de su amiga para asegurarse de que estaba sola, de que Merri seguía en su habitación antes de contestar la llamada. Habían sido compañeras de trabajo y, después de que Hadley decidiera montar su propia empresa, Merri siempre le ofrecía la habitación de invitados para cuando tenía que ir a la ciudad.

–Hola –le saludó al descolgar.

Vio que estaba en el cuarto de baño de un hotel, recién salido de la ducha. Tenía el pelo mojado y crema de afeitar en la cara.

–Hola, cariño –dijo Mo mirando a la pantalla–. Te echaba de menos y pensé que podíamos arreglarnos juntos.

–Encantada de ver cómo te arreglas.

–Ya veo que te he llamado tarde. Ya estás lista.

–Me he levantado pronto para repasar una vez más la presentación que tengo esta mañana. Creo que lo tengo todo bajo control.

–Claro que sí. Los sorprenderás como siempre –dijo volviéndose hacia el espejo para afeitarse.

Hadley se sentó sobre las piernas dobladas para verlo mejor. Llevaba una toalla blanca alrededor de las caderas.

–Gracias por darme ánimos.

–He estado mirando casas en el Upper East Side de Manhattan. Creo que podemos hacer una buena inversión –comentó Mo.

–¿Tú y yo?

Paró de afeitarse y se volvió hacia la cámara.

–¿Acaso no estamos juntos?

Ella se mordió el labio. Todas aquellas cosas de las que había querido hablar antes de marcharse a Nueva York se le estaban viniendo a la cabeza.

–Sí, quiero que estemos juntos. ¿Y tú?

–Hadley, estoy viendo casas para que tengas un sitio donde quedarte cuando tengas que viajar a Manhattan por negocios –respondió–. Creo que eso deja claro cuáles son mis intenciones.

–Necesito oírlo, Mo, quiero saber qué estás pensando. No quiero andar adivinando si ambos queremos lo mismo. Ya lo hice antes y no me salió bien.

–Está bien –dijo y enjugó la maquinilla de afeitar antes de volverse hacia la cámara–. Quiero que quede claro que quiero compartir mi vida contigo. ¿Te parece bien o todavía tienes dudas?

Ella sonrió y se quedó mirándolo en la pantalla.

–Es lo mismo que yo quiero.

Mauricio esbozó aquella sonrisa que reservaba para ocasiones especiales y Hadley sintió que el corazón le latía con más fuerza. Lo amaba, pero no quería decírselo por teléfono.

–Bien. Ahora que ya lo hemos dejado claro, ¿quieres que te mande las direcciones? Aprovechando que estás en Manhattan, podrías ir a ver las casas.

–Tal vez podríamos volver un fin de semana y verlas juntos –sugirió ella.

–Me gusta esa idea. Le pediré a mi secretaria que organice el viaje. Dime si tienes algo en la agenda.

–Lo miré, pero creo que lo que más prisa me corre son los preparativos de la boda de Helena y Malcolm. Y ahora que él vuelve a ser el que era, creo que todo irá más deprisa.

–Bien. Esos dos son inseparables.

–Estoy de acuerdo. Gracias por lo que hiciste.

En otra época, Mauricio se preocupaba más por sí mismo que por sus amigos y el hecho de que hubiera ayudado a Malcolm a resolver sus problemas financieros la había impresionado. Empezaba a preocuparle lo que le rodeaba. Había antepuesto a su amigo y eso era algo que el antiguo Mo no hubiera hecho.

Sintió que el corazón se le desbordaba de amor. Durante el tiempo que llevaban saliendo, había tratado de convencerse de que esta vez era más prudente y de que no volvería a cometer el mismo error de enamorarse de él hasta que no supiera... ¿el qué? En el amor no había garantías y sabía que para ser feliz con Mauricio iba a tener que confiar en él y en ella misma.

¿Por qué le resultaba tan difícil?

Mo había convencido a Alec de que fuera a Houston con él. Los hermanos compartían habitación, aunque Alec tenía pensado no asistir a la cena benéfica. Esas cosas no iban con él. Aun así, Mo agradecía su compañía.

Hasta no hacía mucho, habría ido solo y habría buscado a alguien para que le hiciera después de la cena. Pero ese habría sido el antiguo Mauricio, aquel que no valoraba lo importante que era tener a la mujer perfecta a su lado. Había dedicado mucho tiempo a comprar y vender casas pensando en que algún día tendría la suya, sin pararse a pensar en lo vacías que estarían sin la mujer adecuada.

—Hermanito, se te ve muy serio. ¿Qué tienes en mente?

Quería que Hadley fuera suya, pero no como novia sino como esposa. Quería tenerla como compañera durante el resto de su vida, pero no estaba seguro de que ella también quisiera. No sabía si le habría perdonado sus errores ni si se había dado cuenta de que había cambiado.

—Estoy pensando en Hadley. La echo de menos.

No sabía cómo expresar todo lo que sentía.

—Eso es bueno —dijo Alec.

—¿Bueno? ¿Cómo lo sabes?

—Recuerdo cuando aceptó aquel empleo en Nueva York y os distanciasteis. Estabas deseando salir, ¿recuerdas? Apenas había dejado el pueblo, me llamaste e hicimos planes para ir por ahí. Esta vez… es diferente —dijo Alec.

Así que los cambios que estaba experimentando eran evidentes al menos para su hermano.

—Sí, es diferente. Quiero que lo nuestro sea algo más, pero no estoy seguro…

—Ya sabes que mi récord con las mujeres está en tres citas, así que no puedo darte ningún consejo —dijo Alec—. Diego seguramente podrá darte alguno.

—Sí, pero no quiero que me dé la típica charla de hermano mayor —replicó Mauricio.

Su hermano le dio una palmada en el hombro. Nadie le entendía como él. Al menos, eso habría dicho Mo antes de su reencuentro con Hadley. Al bajar la guardia, le había demostrado cómo era en realidad y le conocía mejor que nadie, seguramente incluso que Alec.

—¿Y qué vas a hacer con Hadley?

Mauricio quería pedirle matrimonio, pero no estaba seguro. Nunca dudaba de nada. ¿Por qué ahora sí? ¿Acaso se le estaba escapando algo?

—En serio, tienes que dejar de poner esa cara —dijo Alec.

—Me vuelve…

—¿Loco?

—Ja. Es solo que quiero que todo sea perfecto.

—Sinceramente, Mo, creo que ese ha sido el problema desde el principio. La vida no es perfecta, sino complicada, y eso hace que merezca la pena.

–¿Me estás tomando el pelo? Ese comentario parece típico de Bianca.

–Lo dijo cuando nuestro encantador sobrino me pintó aquella chaqueta.

Mauricio rio. Aunque su hermano se pasaba el día diseñando programas informáticos, analizando algoritmos y aconsejando a sus clientes sobre cómo mantener su prestigio en las redes sociales, Alec siempre prestaba especial atención a su imagen e iba impecablemente vestido.

–Te entiendo. ¿Así que piensas que Bianca tiene razón, que hay que aceptar los desastres?

–Sí. Lo negaré si lo repites, pero es muy sabia, seguramente más que cualquiera de nosotros.

Mo sonrió.

–¿Cómo lo aplicó a Hadley y a mí?

Alec sacudió la cabeza.

–No lo sé, pero ambos hemos experimentado cosas que se suponía eran perfectas y que no han funcionado. Creo que entre Hadley y tú hay una conexión especial que solo os funciona a vosotros. No lo estropees.

Estaba intentando que así fuera, pero temía que si se concentraba en todo lo que había hecho mal antes, se estuviera perdiendo los mejores momentos, y eso no era lo que quería.

Necesitaba confiar en su instinto. Sabía que si no lo hacía, siempre estaría en guardia y esa no era forma de dar un paso hacia delante. Era tan malo como fingir querer tener una relación tal y como había hecho la primera vez. Lo más aterrador era que esta vez quería todo aquello a lo que no le había dado importancia antes. Era comprensible que Hadley no quisiera que fueran más que amigos.

Pero Hadley nunca había sido fácil de predecir, y le daba la impresión de que no se conformaría con algo que no fuera un compromiso total.

Cuando Zuri y Josie le mandaron un mensaje para quedar, Hadley les contestó que estaba en Nueva York. Le sorprendía que estuvieran juntas. Josie había pasado mucho tiempo últimamente con Manu.

Su teléfono sonó y al contestar la videollamada, vio a sus amigas sentadas en el porche de Zuri con sendos vasos de té helado.

–¿Por qué no nos lo habías contado? –preguntó Zuri–. Creíamos que estarías en Houston con Mo.

–Lo siento, este viaje surgió a última hora –respondió Hadley–. Tenía pensado ir con Mo a la gala.

–Esperábamos que nos contaras algún cotilleo de Scarlet O´Malley.

–¿Cómo iba a cotillear sobre ella? –preguntó Hadley.

Scarlet pertenecía a una familia conocida. Tenían mucho dinero y los escándalos y las tragedias parecían seguirlos a todas partes. Scarlet presentaba un programa que ya iba por la séptima temporada. Había empezado el mismo año en que había muerto su hermana por una sobredosis.

La prensa siempre estaba especulando con que buscaba una figura paternal, y solía salir con hombres veinte años mayores que ella.

–Va a estar en la gala de esta noche –dijo Josie–. Lo sé porque coincidió la semana pasada con Manu.

En aquel momento, Hadley se acordó de que Mo le había contado que Scarlet iba a entregar uno de los premios. Según él, era para demostrar que había pasado página. Aunque no recordaba bien los detalles, sabía que había donado una gran suma de dinero a un centro de rehabilitación de la costa que llevaba el nombre de su hermana. Tal vez era cierto que había cambiado.

–¿Dónde coincidió con Manu? –preguntó Hadley.

–En una fiesta benéfica en los Hamptons –respondió Josie–. Me pidió que lo acompañara, pero en el departamento de inglés no estaban dispuestos a darme unos días libres para viajar a los Hamptons.

–¿Cómo van las cosas entre vosotros? –dijo Hadley.

–Tiene una agenda muy apretada, pero por lo demás, bien.

–Me alegro –intervino Zuri, rodeando con el brazo a Josie–. Te acostumbrarás a su estilo de vida y él al tuyo.

–Eso espero –dijo Josie–. Volviendo a Scarlet O´Malley… Según las revistas de cotilleos, su reputación no pasa por un buen momento. Al parecer, hay un vídeo suyo que se ha hecho viral porque…

–No me lo cuentes, no quiero saberlo. Es famosa porque su familia es rica. No ha hecho nada destacable.

–Lo sé –dijo Zuri–, pero es divertido ver el desastre de vida que llevaba.

Hadley tenía que reconocer que resultaba entretenido ver a alguien así, con una vida tan descarriada.

–¿Alguna novedad por Cole´s Hill?

–El club de campo tiene una nueva directora y a nadie la cae bien.

–¿Quién es?

–Raquel Montez. Quiere clausurar el salón de fumar, ya sabes, ese que tanto les gusta a los hombres.

–No creo que lo consiga. No creo que el consejo se lo autorice.

–Al parecer, no necesita la aprobación del consejo.

Hadley siguió charlando con sus amigas, y cuando colgó treinta minutos más tarde, se dio cuenta de lo mucho que echaba de menos Cole´s Hill. Siempre había querido marcharse de aquel pueblo, pero ahora solo pensaba en volver. Quería hablar con su madre y Helena y saber qué pensaban de la nueva directora del club de campo. Se estaba convirtiendo en una de aquellas chicas de pueblo que siempre había odiado y, por alguna razón, le parecía bien.

Mauricio le mandó una fotografía vestido con el esmoquin.

¿Qué tal estoy?

Los ojos se le llenaron de lágrimas al darse cuenta de lo mucho que lo quería, pero no quería decírselo.

Quería mirarlo cara a cara la próxima vez que estuvieran juntos y asegurarse al cien por cien de cuáles eran sus sentimientos.

Muy guapo.

El emoticono de un beso surgió en la pantalla, seguido del siguiente mensaje.

Te echo de menos.

Yo también. Voy a tratar de volver antes.

Estupendo, mándame los datos de tu vuelo. ¿Quieres venir a Houston unos días?

¿Por qué?

Creo que nos vendría bien pasar unos días juntos sin la interferencia de nuestras familias.

Hadley rio. Ambos provenían de familias grandes que, en ocasiones, podían resultar demasiado entrometidas.

Me parece perfecto.

Guardó el teléfono y se quedó dormida pensando en lo feliz que le hacía tener aquella segunda e inesperada oportunidad con Mauricio. Aunque todo había empezado con el susto del embarazo, lo veía como un guiño del destino para demostrarle la clase de hombre en la que se había convertido Mauricio.

Se estaba dando cuenta de que no había conseguido olvidarlo porque seguía enamorada de él. Tal vez lo habría conseguido si no hubiera ido a Bull Pit aquella noche y hubiera bailado con él hasta desinhibirse y lanzarse a sus brazos.

Por primera vez lo veía claro. Tal vez el alcohol y la música habían sido el faro que le había levado hasta al hombre de sus sueños. No un príncipe azul sino el hombre de carne y hueso, con sus defectos y virtudes y con todas aquellas cosas que lo hacían perfecto para ello.

Capítulo Quince

Mauricio tanteó en el bolsillo el anillo que le había comprado aquella tarde a Hadley. Había decidido seguir su instinto y no perder el control de su temperamento ni de sus actos. Había cambiado. Tenía que empezar a creer en sí mismo. Era imposible convencer a Hadley de que era un hombre nuevo si él mismo no estaba convencido.

Alec y él habían pedido servicio de habitaciones a la suite del hotel. La comida tenía un aspecto dudoso, pero aun así había comido. Alec había salido de la habitación para contestar una llamada y no había probado los *fettucine* Alfredo. Teniendo en cuenta lo mal que empezaba a sentirse, casi era preferible. Mo acababa de volver de vomitar del baño cuando Alec regresó al salón.

—Tienes mal aspecto —dijo Alec, rodeándolo con el brazo por los hombros y acompañándolo al sofá para sentarse—. ¿Qué pasa?

—Creo que la cena no me ha sentado bien —dijo Mo—. Tráeme un antiácido y estaré bien.

Alec le dio un apretón en el hombro y se dirigió a la cocina. Mo tragó saliva y, al sentir que el estómago se le revolvía, salió disparado al baño. Se sentía débil y mareado y, cuando volvió al pasillo, se encontró con su hermano mirándolo con preocupación.

–Métete en la cama, Mo. No vas a ir a ninguna parte.

–No puedo perderme la gala de esta noche, hermanito. Este reconocimiento es muy importante para nuestra organización y, si falto, tendrá una repercusión muy negativa.

Alec le dirigió hacia el sofá.

–Iré en tu lugar.

–Odias esos acontecimientos –dijo Mo, aunque ya se estaba quitando los zapatos y sentándose al borde de la cama.

Alec le ayudó a quitarse la chaqueta.

–Y así, pero no estás en condiciones de ir. Tendrás que dejarme el esmoquin. Ni siquiera he traído una chaqueta.

Mauricio se desvistió rápidamente y el estuche con el anillo se cayó del bolsillo de los pantalones al pasárselo a Alec.

–Va veo que sabes que has tomado una decisión respecto a Hadley –dijo Alec recogiendo el estuche.

–Sí, la quiero, y estoy deseando que forme parte de mi vida para siempre. Pero no se lo cuentes a nadie. Quiero que sea la primera en saberlo.

Alec sonrió.

–Mis labios están sellados. Métete en la cama y recupérate para que tengas fuerza cuando la veas.

Alec acabó de ponerse el esmoquin, y le llevó un paño húmedo para que se lo pusiera en la frente.

–¿Quieres que llame a mamá y le pida que venga a cuidarte?

–No, no estoy tan mal.

—Bueno, llámame si necesitas algo —dijo Alec, acercándole el teléfono a la cama—. ¿Estás seguro de que estarás bien?

—Sí. Gracias por hacer esto por mí. He escrito un discurso y lo pondrán en el *teleprompter*. ¿Has usado alguna vez uno?

—Sí, cuando leí el discurso en la ceremonia de graduación de la universidad.

Alec salió de la habitación y Mauricio se quedó en la cama mirando el techo, deseando que Hadley estuviera con él.

Tomó el teléfono y le escribió un mensaje a pesar de que imaginaba que habría salido a cenar con su amiga Merri. Pero no se lo mandó. No quería ser de aquellas personas que estaban constantemente enviando mensajes a sus parejas, interrumpiendo el tiempo que pasaban con sus amigos. Así que se limitó a mandarle el emoticono de un beso.

Se fue quedando dormido, soñando con pedirle matrimonio a Hadley. No quería meter la pata como había hecho Malcolm después de comprometerse.

Se despertó sobresaltado. El teléfono vibró en su mano y, al abrir los ojos, vio que era Alec. Le había mandado una foto del premio que acababa de recoger.

Enhorabuena, hermanito. ¿Estás bien?
Todavía no me he muerto.

Alec respondió con un emoticono sonriente.

También vio que Hadley le había enviado un mensaje dándole las buenas noches, además de una felicitación por el premio.

Te he visto por televisión. Ha sido un discurso estupendo. Estoy deseando verte mañana por la noche.

¿Había visto el discurso? Aunque lo hubiera confundido con Alec, el hecho de que lo hubiera visto significaba mucho para él. No había salido con su amiga. Se había quedado viendo la ceremonia de entrega de premios. Se quedó mirando el anillo en la mesilla de noche, seguro de que al día siguiente le pediría que se casara con él.

Buenas noches, cariño. Yo también estoy deseando verte.

Se sentía mejor, así que se levantó, se vistió y bajó al bar. Siempre pensaba con más claridad cuando tenía gente a su alrededor.

Hadley se despertó temprano, contenta por volver a casa. Y no solo por eso. Había pasado la noche pensando en Mo después de su último mensaje y tenía la sensación de que todo iba bien. Después de recogerse el pelo y maquillarse, se quedó mirando por la ventana del tercer piso del apartamento de Merri, que daba a la pared de ladrillos del edificio de al lado. En otra época había pensado que estaba hecha para vivir en la gran ciudad, pero se estaba dando cuenta de que prefería los espacios abiertos de Texas.

Eso le hizo sentirse mejor respecto a su decisión de dejar de trabajar en Nueva York y aceptar solo encargos de Texas. Al principio había pensado que se debía a lo que estaba viviendo con Mauricio, pero de repente cayó en la cuenta de que había cambiado. La idea de despertarse con aquella vista cada mañana no era lo que quería. Y, a pesar de lo mucho que le gustaba la vida de la gran ciudad, Cole´s Hill ofrecía mucho entretenimiento.

Recogió sus cosas, las guardó en la maleta y miró la hora. Merri estaba en el apartamento, así que tomó el teléfono para mandarle un mensaje a Mo antes de despedirse de su amiga.

Tenía unas cuantas notificaciones de varias aplicaciones. La mayoría era de una página de cotilleos, así que cuando la abrió, supuso que sería alguna noticia relacionada con algún famoso, no un titular sobre Scarlet O´Malley y un millonario de Texas. A punto estuvo de caérsele el teléfono cuando la imagen se cargó y vio que el millonario texano era Mauricio Velasquez, su novio.

Aparecía besando a Scarlet O´Malley.

Estaba de espaldas y no se le veía bien la cara, pero reconocía el esmoquin, los brazos y el pelo.

Lanzó el teléfono a la cama.

No podía creer que fuera él, pero le había visto con aquel mismo esmoquin cuando le había mandado una foto preguntándole cómo estaba. ¿Era posible que hubiera tenido un lío? Justamente el día anterior le había dicho de buscar una casa en Nueva York.

El estómago se le encogió. La rabia dio paso al dolor. Parpadeó varias veces para evitar derramar lágrimas, pero no funcionó. Se sentó en el suelo, apoyó la espalda en la cama y recogió las piernas contra el pecho, mientras las lágrimas comenzaban a rodarle por las mejillas.

«¿Cómo he podido ser tan estúpida? ¿En qué demonios estaba pensando?».

¿Por qué le había abierto una vez más su corazón? Sabía que no era un hombre de compromisos. Sabía que a Mo le gustaba flirtear e ir de fiestas, pero había pensando que había cambiado. Le había creído cuando le había demostrado lo diferente que era. Tal vez solo había visto lo que había querido ver.

¿No era eso lo que Helena le había dicho sobre Malcolm, que estaba tan contenta con el compromiso que no se había dado cuenta de que en el fondo estaba asustado?

Era una tonta.

Bastante mal lo había pasado la vez anterior, cuando había vuelto de Nueva York sin avisar y lo había encontrado con una mujer en la cama. Esta vez sería peor. Todo el mundo vería aquella foto y se enteraría de lo que había hecho.

Sabía lo difícil que era dejar de amarlo y el orgullo iba a hacer imposible que lo perdonara. Además, ¿cuántas veces iba a necesitar verlo con otra mujer antes de darse cuenta de la clase de hombre que era en realidad?

De pronto, llamaron a su puerta.

—Hadley, ¿estás despierta? —preguntó Merri.

—Sí —contestó y se secó la nariz en la manga de la camiseta antes de ir a abrir la puerta.

—¿Pero qué te pasa?

—Mo está en todas las revistas de cotilleos —contestó con voz temblorosa—. Al parecer, tuvo un escarceo con Scarlet O´Malley anoche.

—¿Qué dices? ¿Cómo es posible?

Su amiga sacó el teléfono del bolsillo y Hadley dejó de prestarle atención. Tenía que dejar de ser tan sentimental y mostrarse más fría, porque cuando volviera a Texas, iba a tener una charla con el señor Velasquez. Luego, trataría de quitárselo de la cabeza.

Y ni una oportunidad más. Tenía que haberse dado cuenta de que el temor a un embarazo no era la mejor forma de volver a empezar.

—Lo siento, Hadley, ¿hay algo que pueda hacer? —preguntó Merri.

—No, estoy bien. Además, tienes que irte a trabajar. Voy a llamar a un Uber para que me lleve al aeropuerto. Tal vez haya un vuelo antes. Quiero volver a casa para poner fin a esto y luego…

El llanto la interrumpió y Merri la abrazó con fuerza.

—Tal vez haya una explicación —comentó su amiga.

¿Sería posible?

Tomó el teléfono, lo desbloqueó y se quedó mirando la foto una vez más. ¿Qué explicación iba a darle con aquella mujer aferrada a él?

—Lo dudo mucho, Merri, pero le daré la oportunidad de explicarse.

Estaba deseando oír lo que tenía que decirle. Esta vez no podía justificarse con que se habían dado un respiro.

Unos golpes en la puerta lo despertaron. Se incorporó y miró hacia la puerta. Alec entró en su dormitorio, con el pelo revuelto y la camisa desabrochada.

—He metido la pata.

–¿Qué has hecho? –preguntó Mo.

Se levantó de la cama y se dirigió hacia su hermano.

–Me he acostado con Scarlet –respondió Alec–. Creo que los paparazzi que la seguían nos han hecho fotos.

–Bueno, no pasa nada. No creo que afecte a nuestros negocios –dijo Mo–. Es más problema tuyo que mío, pero nada que no podamos resolver.

–No, Mo, no me has entendido. No es conmigo con quien creen que se ha acostado Scarlet, sino contigo –observó Alec.

Mauricio sacudió la cabeza.

–¿Cómo? ¿Por qué iban a pensar en eso?

–Anoche me hice pasar por ti.

–¿Por qué no dijiste que eras tú?

–Me pareció más fácil fingir que eras tú –dijo Alec–. Ahora me arrepiento, pero me pareció más cómodo eso que andar dando explicaciones de tu ausencia. Tampoco tenía pensado liarme con Scarlet.

–Mierda.

–Lo sé, lo siento.

–Maldita sea –dijo Mo tomando el teléfono.

Marcó el número de Hadley, pero le saltó el buzón de voz.

–Esto pinta mal, Alejandro. No puedo creer que hayas…

–Lo siento.

–Hadley no sabe que eras tú. Va a pensar que soy yo.

–Tal vez todavía no se ha enterado.

–¿De veras lo crees posible?

–No. He visto las notificaciones en mi teléfono.

No sé qué hacer. ¿Qué es peor, decir que no fuiste a una gala en tu honor o dejar que crean…?

–Me da igual lo que crea la gente. Solo me importa Hadley y seguramente ahora está pensando que la he engañado por segunda vez.

–Lo sé. Escucha, ¿y si la llamo y le explico?

–No, no puedes hacerlo. Tengo que hablar con ella y… Maldita sea, no quiero tener que explicarle esto. Es la mujer con la que quiero pasar el resto de mi vida y la conozco. No creo que tenga ganas de escucharme cuando me vea. Seguramente quiera darme un puñetazo, y con toda la razón.

–He sido yo el que ha originado todo este lío. Déjame que lo arregle.

No podía dejar que fuera su hermano el que lo hiciera. Tenía que ser él el que hablara con ella. Debería haberle dicho la noche anterior que la quería.

Quizá se estuviera preocupando sin motivo, pero teniendo en cuenta su pasado, sabía que Hadley no pensaría que había una explicación inocente para aquellas fotos. Todavía no acababa de confiar en él y no podía culparla.

Tampoco podía culpar a Alec. Solo él era el responsable por su comportamiento en el pasado.

–Tengo que arreglar esto –dijo Mauricio.

Su teléfono echaba humo con todos aquellos mensajes que estaba recibiendo de su madre, de Malcolm, de Helena, de Diego…

Se sentó en la cama y se frotó la nuca. Necesitaba arreglar aquello. Podía explicarle que había sido Alec y tal vez lo creería, pero no quería que todos en el pueblo la juzgaran por aquello.

Mandó un mensaje al grupo de su madre y su hermano.

No es lo que parece. Ya os lo contaré más tarde.

–Pídenos algo de comer. Voy a ducharme y después pensaremos una solución –dijo Mo a su hermano.

Alec hizo amago de explicarse o pedir disculpas, pero Mauricio no quiso escucharlo. Se fue al cuarto de baño, apoyó las manos en la encimera de mármol y agachó la cabeza.

Confiaba en que Hadley estuviera en el avión y no hubiera visto aquellos artículos, pero sospechaba que ya los había leído. Él mismo había dado con la historia sin ni siquiera buscarla. Sentía un nudo en el estómago. A diferencia de la vez que lo había encontrado en la cama con Marnie Masters, esta vez no podía recurrir a aquella falsa indignación. A pesar de que era inocente, sabía que no le creería fuera cual fuese la explicación.

Lo último que quería era hacerle daño y no iba a ser fácil evitarlo. Podía decirle que estaba enfermo, pero sabía que había amigos de Cole´s Hill que lo habían visto en el bar la noche anterior mientras pensaba en la manera de pedirle matrimonio.

Si estuviera en su lugar, ¿Se creería la historia?

Sabía que no. Había perdido los nervios al verla besar a Jackson.

Al final sacó el teléfono y marcó su número. Esta vez le dejó un mensaje de voz. Confiaba en que lo escuchara y comprendiera lo que había pasado. Necesitaba que lo creyera.

Se duchó, se vistió y comenzó a hacer llamadas. Alec parecía tener resaca, pero se concentró en analizar las mejores opciones para enmendar el desastre que había provocado. Mientras tanto, Helena no contestaba las llamadas de Mo, así que tuvo que recurrir a Malcolm para averiguar la forma de recuperar a Hadley.

Capítulo Dieciséis

Le ardían los ojos y parpadeó para contener las lágrimas.

Con las gafas de sol puestas, recorrió el aeropuerto de Houston tirando de su maleta. Una vez fuera, no supo qué hacer. No tenía allí su coche y pedir un Uber a Cole´s Hill le saldría muy caro.

De nuevo le entraron ganas de llorar, pero esta vez mantuvo la compostura. Sabía que la tristeza tenía que dar paso a la rabia si quería superar aquello, pero no tenía fuerzas.

Nunca había pensado que amar a alguien pudiera ser algo negativo, ni siquiera cuando había roto con Mo la última vez. Se lo había tomado como una oportunidad de conocerse mejor y pasar página. Pero en aquel momento, se sentía herida y vulnerable, además de estúpida.

Tenía que hacer algo.

Alquilaría un coche, se iría a casa y ya pensaría cuándo ver a Mo. Si se quedaba en Houston unos días, podría ignorarlo, pero no era la clase de mujer que huía de sus problemas y él lo sabía. Siempre había preferido afrontarlos.

Además, estaba deseando conocer lo que Mo tenía que decirle. Su teléfono vibró y bajó la vista a la pantalla. Esperaba encontrar otro mensaje de Helena o de sus amigas, pero era de Mo.

Me alegro de que ya estés de vuelta en Texas. Por favor, llámame.

¿Llamarlo? ¿Qué iba a decirle? Se le había olvidado que compartían su ubicación a través de una aplicación.

No lo sabría si no lo llamaba, así que decidió hacerlo.

Mauricio contestó al primer timbre.

–Gracias –fue lo primero que dijo al contestar.

–¿De qué quieres hablar? –preguntó ella.

–De las fotos. No soy yo.

–Pues lo parece.

–Es Alec.

–¿Por qué iba Alec a llevar puesto tu esmoquin e ir a la gala en tu honor?

–Porque algo me cayó mal y estaba enfermo. Está aquí conmigo en el hotel Post Oak. ¿Puedes venir para que te cuente lo que ha pasado?

Con tan solo oír su voz quiso creerlo. Era lo que sospechaba: nunca iba a ser capaz de olvidarlo. Deseaba que no fuera aquel hombre de la foto. No era la primera vez que Mo y Alec se hacían pasar el uno por el otro, pero siempre había sido capaz de reconocerlos.

–De acuerdo –dijo al cabo de unos segundos.

No era una conversación para tener por teléfono. Necesitaba ver su cara, porque a pesar de todos sus defectos, en Mauricio destacaba su sinceridad. Nunca le había mentido, ni siquiera cuando lo había pillado con Marnie.

–Gracias. Voy a mandarte a alguien para que te recoja en el aeropuerto. ¿Dónde estás?

Alzó la vista hacia el cartel que tenía sobre la

cabeza y contestó. De nuevo, se le humedecieron los ojos. Le incomodaba lo razonable y atento que se estaba mostrando. Al ver la foto, había sentido como si un cuchillo le atravesara el corazón, y no sabía si sería capaz de superarlo. La foto de aquel beso le había dolido más que cuando había entrado en su apartamento y lo había encontrado en la cama con otra mujer, y sabía que era porque esta vez habían superado muchas cosas juntos.

Aunque había resultado ser Alec el que besaba a aquella mujer y no Mo, no estaba preparada para perdonar. Todavía temía que le hiciera daño.

Las manos le temblaban, así que colgó porque no podía hablar con él. Si quería vivir tranquila, lo mejor sería no volver a hablar con él nunca más. Y todo porque lo amaba.

Fuera lo que fuese que había habido entre ellos en su relación anterior, no había sido amor, al menos no como aquel.

Aquello era algo que el tiempo no podía aliviar. Era como el dolor de una herida abierta y, a pesar de que había hablado con él y le había dicho que había sido Alec, no había servido para nada. Porque sabía que ya no podía seguir escondiéndose de él.

—¿Señorita Everton?

Hadley asintió con la cabeza a un conductor que se acercó a ella.

—Deje que me ocupe de su equipaje —dijo tomando la maleta.

Luego la guio hasta el Bentley que esperaba junto a la acera y le abrió la puerta. Una vez dentro del coche, cerró los ojos y deseo poder fingir que todo estaba bien, pero sabía que era mentira.

No tenía ninguna intención de mentirse a sí misma. Sacó su estuche de maquillaje y se retocó el rímel y la sombra de ojos. Al verse tan pálida, decidió aplicarse también colorete. Cuando llegó al hotel Post Oak estaba completamente maquillada. Había conseguido disimular al mundo exterior lo mal que se sentía.

El conductor abrió la puerta y se bajó.

—Por favor, deje la maleta en consigna. La recogeré después de la reunión.

El hombre asintió.

Entró en el vestíbulo sin saber muy bien qué hacer. Podía mandarle un mensaje a Mo y pedirle que se encontrara con ella en el restaurante. No quería ir a su habitación ni estar a solas con él. Sería capaz de contarle todas aquellas cosas que le rondaban en la cabeza, cosas de las que luego se arrepentiría y que acabarían cortando lazos con él.

No quiso esperar a Hadley en la habitación. Tenía que tomar la iniciativa. Podía aferrarse a la excusa de que era inocente, pero ya había herido demasiadas veces a aquella mujer en el pasado como para quedarse sentado en su habitación a esperarla.

Cuando recibió el mensaje del conductor avisándolo de que estaba llegando al hotel, tomó el ascensor hasta el vestíbulo y se quedó a un lado de la entrada, esperando.

Hadley entró con unas enormes gafas de sol que se quitó y miró a su alrededor en el vestíbulo. Cuando sus miradas se encontraron, la vio parpadear. Justo en aquel instante, sintió como si el corazón se le rompiera. No hacía falta que le preguntara si iba a perdonarlo.

¿Cómo iba a hacerlo? ¿Cómo reconciliarse consigo misma por mantener una relación con un hombre en el que no confiaba? Estaba claro que seguía sin fiarse de él. Seguramente no le había perdonado todo el dolor que le había causado las veces anteriores y no tenía palabras para convencerla de que había cambiado.

Fue a tomarla del brazo, pero ella se apartó.

–No me toques –dijo levantando una mano–. Si lo haces, perderé los nervios.

–Vayamos a mi suite para hablar.

Hadley asintió. Fue a tomarla de la cintura, pero dejó caer la mano antes de tocarla. No quería que perdiera la compostura.

Usó su tarjeta para acceder al último piso, donde estaba su suite, y luego la guio por el pasillo hasta su habitación. Alec se había marchado y la habitación estaba vacía.

–¿Quieres comer o beber algo?

–No.

Su voz tenía aquel timbre ronco de cuando contenía las lágrimas.

–Deja que te lo diga otra vez: no era yo el que estaba con aquella mujer.

Ella asintió.

–Lo sé. Te creo, Mo.

–Entonces, ¿cuál es el problema?

Ella se encogió de hombros, luego le dio la espalda y se acercó a la ventana. Se quedó allí unos minutos, con la cabeza gacha, y Mauricio deseó no ver su reflejo en el cristal y aquella expresión perdida en su rostro.

—Hoy me he dado cuenta de unas cuantas cosas. Al principio pensé que eras tú. Eso me dejó helada porque ¿qué dice eso de nosotros como pareja si pienso que no puedes ir a una fiesta sin acostarte con alguien?

Él carraspeó.

—No sé, pero desde luego que nada bueno.

Hadley se volvió y él deseó que no lo hubiera hecho. Si a través del reflejo ya había visto aquella expresión de perdida, viéndola directamente en su rostro era mucho peor aún.

—Exacto. Esa foto me hizo darme cuenta de algo que estaba ignorando —admitió—. No sé si alguna vez te he perdonado algo.

—Tiene sentido, pero ahora que sabemos que hay un problema, podemos buscar una solución y superarlo.

Ella se mordió el labio y se abrazó por la cintura. Entonces lo supo: nunca iban a poder superarlo.

Una letanía de maldiciones invadió su pensamiento. Se había esforzado en enmendar todos aquellos problemas que su fuerte temperamento y su comportamiento egoísta habían causado. Se había equivocado al pensar que sería capaz de arreglarlo todo, pero ahora se daba cuenta de que no. Viendo su cara, sabía que nunca podría curar las profundas heridas que le había causado en lo más hondo.

—Supongo que eso es un no.

Ella sacudió la cabeza y empezó a llorar.

—Me gustaría decir que sí —dijo con una voz que

le hizo sentir el peor de los monstruos por ser el responsable de aquellas lágrimas.

–Entonces di que sí. He cambiado, Hadley, lo sabes –dijo acercándose a ella, deseando tocarla–. He dado pasos de gigante en estos últimos meses. Cuando te perdí, me di cuenta de lo que no me gustaba de mí, de todo lo que tenía que cambiar.

Hadley asintió y él le tendió los brazos. Se dejó abrazar, pero se mantuvo rígida. Mauricio no sabía qué hacer para que bajara la guardia.

Al menos no se había apartado de él.

Apoyó la frente en su pecho y sintió sus brazos rodeándolo por la cintura, atrayéndolo hacia ella. Luego dejó caer los brazos y dio un paso atrás.

–Me gustaría ser una mujer diferente, pero es imposible. No puedo ser quien necesitas por nuestro pasado. No he olvidado el daño que me hiciste, a pesar de que pensaba que podría. Creía que lo había superado y que te había perdonado, pero cuando he visto esa foto, me he dado cuenta de que no. Es culpa mía, Mo. Te has convertido en un hombre mucho más cabal que el que conocía y deseo que seas feliz con tu vida.

Luego pasó a su lado y se dirigió hacia la puerta.

Mauricio supo que si salía por aquella puerta, no volvería nunca, así que no podía dejarla marchar. Pensó en el anillo que llevaba en el bolsillo y en lo que había planeado la noche anterior en el bar, pero nada de aquello tenía ya sentido.

–¡Hadley!

Ella se detuvo, pero no se dio la vuelta. Se quedó quieta, con los hombros caídos, y Mauricio supo que lo que hiciera a continuación iba a marcar la diferencia entre tenerla a su lado el resto de su vida o vivir con resentimiento y dolor.

–Te quiero.

No tenía pensado decirle aquellas palabras, pero ya lo había hecho. Nunca antes se había sentido tan indefenso. Nunca había sentido más miedo que el que sentía ante la idea de que no respondiera y siguiera alejándose.

Hadley se volvió para mirarlo.

–¿Qué has dicho? –preguntó.

Su voz sonó diferente. Ya no era aquel timbre grave que le había partido el corazón.

–Te quiero –repitió mirándola a los ojos e irguiéndose.

Se sentía vigorizado por los sentimientos que despertaba en él. Gracias a ella se había dado cuenta de que la vida no era una carrera por tener una gran cuenta bancaria ni superar a los demás en todo. La vida era más agradable teniéndola a su lado.

–¿Por qué? –preguntó ella, ladeando la cabeza.

–No sé por qué. Si lo supiera, no me sentiría así. Tengo miedo de que si te vas, nunca volveré a sentirme tan completo. Lo único que sé es que te quiero.

Ella asintió y comenzó a caminar hacia él.

–Yo también te quiero, Mo, y no sé cómo parar esto. Cuando vi esa fotografía, me sentí rota, pero no enfadada. No podía enfadarme porque eres dueño de mi alma y de mi corazón, y era incapaz de creer que pudiera sentir algo tan fuerte por ti y que no significara nada para ti.

–Significas todo para mí –dijo él–. Haré lo que haga falta para salvar lo nuestro.

–Que me quieras es lo único que necesito.

–Entonces vamos bien porque te quiero mucho.

Acortó la distancia que los separaba y la tomó en sus brazos. Luego, la miró a los ojos mientras Hadley lo rodeaba con sus piernas por la cintura. En sus ojos vio la franqueza de sus sentimientos y supo que, a pesar de lo que pensaran los demás al ver aquella foto, ellos, los que de verdad importaban, conocían lo que había pasado y estaban juntos.

Nunca en su vida se había sentido tan aliviado y feliz.

–Te quiero mucho –dijo ella rodeándolo por los hombros.

Una gran alegría lo invadió y, aferrado a ella, comenzó a dar giros por toda la habitación.

–Yo también, cariño.

La llevó hasta el dormitorio y la dejó en el suelo. La sangre le ardía en las venas y, cuando Hadley comenzó a desabrocharle la camisa, sintió crecer su erección. Sus dedos fríos rozaron su piel mientras se afanaba con los botones. Cuando terminó, le abrió la camisa y él acabó de quitársela.

Un gemido escapó de lo más profundo de su garganta cuando la vio inclinarse y regar de besos su pecho. Sus labios exploraban sin timidez su torso.

La observó con los ojos entornados. Le molestaban los pantalones. La vio sacar la lengua y lamerle los pezones. Echó las caderas hacia delante y le puso la mano en la cabeza, invitándola a quedarse donde estaba.

—Te he echado de menos —dijo ella, apoyando una mano sobre su pecho mientras se inclinaba sobre él.

Mauricio la tomó entre sus brazos e hizo que se sentara a horcajadas encima. Luego, la besó en los labios.

—Yo también te he echado de menos. Pensé que te había perdido.

—Lo siento —dijo rodeándolo con los brazos por los hombros y hundiendo el rostro en su cuello—. No puedo creer cuánto te quiero.

—A mí me pasa lo mismo.

Le quitó la blusa por la cabeza y la dejó a un lado. Llevaba un tipo de sujetador sin cierre y no supo cómo quitárselo. Ella rio y se lo sacó por la cabeza, pero sin quitárselo del todo. Sus pechos quedaron liberados y él los tomó entre sus manos, acariciándole los pezones con los pulgares. Su miembro, erecto desde que la había tomado en brazos, estaba comprimido bajo los pantalones.

Hadley se estremeció y se acopló a él. Su miembro respondió estirándose contra su vientre. Le gustaba la sensación de tenerla entre sus brazos, especialmente después de haber estado a punto de perderla para siempre, y le acarició la espalda desnuda.

Hadley lo tomó por los hombros y fue bajando poco a poco por su pecho, acariciando cada uno de los músculos de su torso. Cuando llegó a la cinturilla de sus pantalones, se detuvo y lo miró a los ojos antes de ponerle la mano sobre su miembro erecto y comenzar a acariciarlo en toda su longitud. Mauricio tomó el sujetador del que aún no se había desprendido y se lo quitó. Luego la hizo levantarse y sintió sus pezones acariciar su torso.

Sentía los latidos en los oídos. Estaba muy excitado y necesitaba hundirse en ella.

Impaciente por quitarle los pantalones elásticos que llevaba, la hizo levantarse para bajárselos. Al ver que se echaba hacia delante para quitárselos, Mo se colocó detrás de ella. Después de acariciarle el trasero, deslizó las manos por entre sus muslos y la hizo apoyarse en la cama. Hadley sintió que rozaba su rincón más íntimo y jadeó. Luego, siguió gimiendo cuando sus dedos la acariciaron por encima de las bragas.

Mauricio deslizó un dedo bajo el encaje húmedo y cálido, y se quedó inmóvil. Ella se volvió y lo miró por encima del hombro.

Tenía los ojos entornados y enseguida comenzó a mover las caderas, buscándolo.

Mauricio apartó las bragas y recorrió lentamente la entrada de su cuerpo. Estaba mojada y dispuesta para él, pero prefería que se corriera antes de penetrarla.

Hadley se revolvió contra él y aprovechó para penetrarla tan solo con la punta de su dedo.

–Mo… –dijo con voz entrecortada.

–¿Sí, cariño? –respondió, hundiendo aún más el dedo.

Hadley sacudió las caderas al ritmo de sus caricias. Estaba al límite. Mauricio sacó un preservativo y se lo puso.

–Tómame, Mo.

Sacó el dedo y lo deslizó por su clítoris. Hadley echó las caderas hacia atrás buscándolo, y Mo le acarició los pechos desde atrás.

Luego la besó en la parte baja de la espalda y lentamente fue subiendo mientras la lamía. Al llegar a la nuca, la mordió, y ella se volvió en sus brazos antes de buscarlo de nuevo con las caderas. No pudo evitar gemir al sentir la punta de su miembro rozando la humedad de su zona más íntima.

La penetró con fuerza y siguió embistiéndola una y otra vez hasta que la hizo gritar su nombre. Al sentir las sacudidas del orgasmo, se hundió en ella y se vació antes de tomarla por la cintura y dejarse caer sobre la cama.

Hadley se acurrucó contra él y se dedicó a acariciarle el pecho mientras sus respiraciones iban volviendo a la normalidad.

Se quedó mirándola. Era suya, ahora y para siempre.

–Tengo algo para ti –dijo, volviéndose para buscar algo en los pantalones.

–Me acabas de dar algo –replicó arqueando las cejas.

–Y en cuanto me recupere, voy a volver a dártelo –dijo él–. Pero ahora mismo tengo otra cosa.

Sacó la caja del bolsillo y se puso de lado para mirarla a los ojos.

–Sabes que te quiero más que a mi vida y puede que necesites tiempo, pero quiero que seas mi esposa y que pasemos juntos el resto de nuestras vidas. ¿Te casarías conmigo?

Hadley se sentó y tomó la caja. Mauricio pensó que podía haberlo planeado mejor, pero si había algo que había aprendido de aquella relación era que no podía esperar la perfección. Tenía que aprovechar el momento tal cual se le presentara.

Así que tomó la caja y sacó el anillo mientras esperaba la respuesta.

–¿Qué me dices, Hadley?

–Sí, Mo, sí, me casaré contigo. Te quiero.

Le puso el anillo en el dedo y volvió a hacerle el amor.

Con Hadley entre sus brazos se dio cuenta de que llevaba toda la vida luchando por disimular el dolor que le producía no sentirse completo. Siempre había temido bajar la guardia y abrirle su corazón, pero se sentía mejor teniéndola a su lado.

Epílogo

Helena y Hadley estaban esperando en la puerta de la oficina de Jaqs Veerdal a sus prometidos. Hadley no podía dejar de sonreír a su hermana.

–No puedo creer que dentro de unos meses las dos estaremos casadas.

–Yo tampoco. Malcolm está mucho mejor y casi me da miedo lo felices que somos en este momento.

–Sé a lo que te refieres. Después de que apareciera esa foto de Scarlet y Alec, no estaba segura de que Mo y yo fuéramos a llegar tan lejos. Pero lo quiero mucho, Helena, y nunca pensé que fuera posible.

–Lo sé, cielo, cuesta creer que ambas hayamos encontrado el amor verdadero.

–¿Ah, sí? –preguntó Hadley–. Creo que las dos hemos encontrado lo que buscábamos. Mauricio se ha convertido en el hombre que siempre creí que llegaría a ser.

–Bueno, todos estábamos a punto de lincharlo cuando nos encontramos esa foto en internet, pero viéndolo a tu lado, incluso mamá dijo que por la forma en que te miraba, era imposible que hubiera besado a otra.

–Por supuesto que era imposible –dijo Mauricio apareciendo por detrás y abrazando a Hadley–. Soy suyo en cuerpo y alma.

No te pierdas *Una noche y dos secretos,*
de Katherine Garbera,
el próximo libro de la serie
Aventura de una noche.
Aquí tienes un adelanto...

Vomitar tres mañanas seguidas no era algo inusual para un O´Malley. Después de todo, la familia era conocida por vivir la vida al límite. Pero Scarlet llevaba semanas sin beber, concretamente desde que su amiga Siobahn Murphy, cantante del grupo femenino musical más exitoso desde Destiny´s Child, había roto con su prometido y este se había fugado a Las Vegas para casarse con su mayor rival. Los paparazzi no dejaban a Siobahn ni a sol ni a sombra y Scarlet se había dedicado en cuerpo y alma a proteger a su amiga. Conocía muy bien lo que era ser acosada por la prensa y no se lo deseaba a nadie.

Siobahn estaba instalada en la cabaña que Scarlet tenía en East Hampton al cuidado de Billie, la asistente personal de su amiga.

Mientras se lavaba la cara, Scarlet fue considerando todas las razones para vomitar. No podía ser una intoxicación alimentaria, puesto que nadie más se había puesto enfermo y su chef personal, Lourdes, era muy escrupulosa con la limpieza de la cocina.

–La intoxicación, descartada –se dijo en voz alta mientras se secaba la cara con la toalla de muselina que le había recomendado su esteticista.

A sus veintiocho años, apenas tenía alguna pequeña arruga, pero aun así su madre siempre le había dicho que nunca era demasiado pronto para prevenirlas.

«Te estás distrayendo de lo importante».

Scarlet se miró al espejo, consciente de que quien hablaba era su voz interior y de que estaba sola. Había perdido a su hermana mayor tres años antes por una sobredosis, pero eso no había impedido que Scarlet siguiera oyendo su voz en determinados momentos, en especial cuando menos quería oírla.

Tara había sido una hermana muy mandona y, al parecer, no quería dejar de darle órdenes. Scarlet suspiró y se miró el vientre. Hacía más de seis semanas que no tenía la regla y siempre había sido muy regular.

«Sí, estás embarazada. Me encantaría seguir por ahí para ver la cara de nuestro viejo cuando se entere».

–Cállate, Tara. Todavía no lo sé seguro.

Scarlet no podía creer que estuviera hablando sola y mucho menos que estuviera en esa situación.

Si había algo que a los O´Malley se les diera bien era ganar dinero, disfrutar de la vida y equivocarse al tomar decisiones. Todo había empezado con su madre, que había muerto cuando Scarlet tenía diecisiete años. Había fallecido en extrañas circunstancias y, a pesar de que se había considerado un accidente, muchos creían que había sido una muerte deliberada. Su padre se había casado seis veces, sin contar las amantes que había tenido entre un matrimonio y otro. La relación más larga que había tenido Scarlet hasta la fecha había durado doce días,

188

Bianca

Chantajeada por un millonario

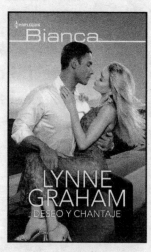

DESEO Y CHANTAJE

Lynne Graham

Elvi no podía creer que su intento por apelar al corazón de Xan Ziakis hubiera terminado tan mal. Pero, si quería salvar a su madre, no tenía más remedio que aceptar la indecente condición del griego: que se convirtiera en su amante.

Desde luego, Xan era un hombre impresionante, y tenía un fondo sensible que solo podía ver Elvi. Pero, ¿cómo reaccionaría cuando se diera cuenta de que su nueva amante era virgen?

Acepte 2 de nuestras mejores novelas de amor GRATIS

¡Y reciba un regalo sorpresa!

Oferta especial de tiempo limitado

Rellene el cupón y envíelo a

Harlequin Reader Service®
3010 Walden Ave.
P.O. Box 1867
Buffalo, N.Y. 14240-1867

¡Sí! Por favor, envíenme 2 novelas de amor de Harlequin (1 Bianca® y 1 Deseo®) gratis, más el regalo sorpresa. Luego remítanme 4 novelas nuevas todos los meses, las cuales recibiré mucho antes de que aparezcan en librerías, y factúrenme al bajo precio de $3,24 cada una, más $0,25 por envío e impuesto de ventas, si corresponde*. Este es el precio total, y es un ahorro de casi el 20% sobre el precio de portada. !Una oferta excelente! Entiendo que el hecho de aceptar estos libros y el regalo no me obliga en forma alguna a la compra de libros adicionales. Y también que puedo devolver cualquier envío y cancelar en cualquier momento. Aún si decido no comprar ningún otro libro de Harlequin, los 2 libros gratis y el regalo sorpresa son míos para siempre.

416 LBN DU7N

Nombre y apellido	(Por favor, letra de molde)
Dirección	Apartamento No.
Ciudad	Estado Zona postal

Esta oferta se limita a un pedido por hogar y no está disponible para los subscriptores actuales de Deseo® y Bianca®.
*Los términos y precios quedan sujetos a cambios sin aviso previo.
Impuestos de ventas aplican en N.Y.

SPN-03   ©2003 Harlequin Enterprises Limited

Bianca

La arrastré a un nuevo mundo…

MUCHO MÁS
QUE PLACER

Heidi Rice

Al entrar en mi casino, Edie Spencer parecía una heredera consentida, hasta que aceptó saldar las deudas de su familia haciéndose pasar por mi amante temporal.

¿Cuál era mi plan? Utilizarla para comprometer a mis rivales en los negocios.

Sin embargo, descubrir la inocencia de Edie provocó que la tentación aumentara de un modo inimaginable. Entre nosotros la química era espectacular, así que decidí comprometer a Edie para mucho más que el placer…

DESEO

William Walker siempre conseguía lo que quería,
hasta que se encontró con la horma de su zapato

Interludio con el jefe

KATY EVANS

India no se podía creer que se hubiera dejado convencer por su
exjefe para volver a trabajar con él. Era arrogante. Dominador.
La obsesionaba de un modo que no quería admitir. Cuando se
fue del trabajo y lo dejó plantado se sintió genial, pero después,
al ver al gran multimillonario completamente impotente ante un
bebé, accedió a sus demandas. Y le preocupaba que no fuera
a ser la última vez.